CEUX QUI S'AIMENT FINISSENT TOUJOURS PAR SE RETROUVER

C'est lors d'une nuit d'insomnie que Sonia se lance dans l'écriture. Inspirée de sa vie à mille à l'heure, elle publie sur Internet une trilogie, *Épouse, mère et working girl*, qui a conquis des milliers de lecteurs. Suivront ensuite plusieurs romans, notamment *Sortez-moi de là*.

SONIA DAGOTOR

Ceux qui s'aiment finissent toujours par se retrouver

ROMAN

CHERCHE MIDI

ISBN : 978-2-253-07985-9 – 1re publication LGF

À toutes les femmes de ma vie,
À ma maman qui veille sur moi ici-bas,
À mes mamies qui veillent sur moi de là-haut.

25 MAI 1958 – GARE DE TOULOUSE

Sur le quai, un jeune couple peine à se détacher. Voilà de longues minutes que les deux amoureux se murmurent des mots doux. À les voir ainsi, une chose est certaine : c'est la première fois qu'ils seront éloignés l'un de l'autre.

« Je t'aime tellement, murmure la jeune femme.

— Moi aussi, je t'aime, répond son amant. Je reviendrai te chercher. Nous nous marierons et nous aurons une tripotée de gamins.

— Tu me le jures ?

— Je te le promets ! » dit-il avant de l'embrasser fougueusement, jusqu'à perdre haleine.

Le signal sonore retentit, c'est l'heure du départ. Le visage baigné de larmes, elle lui vole un ultime baiser. Malgré les promesses répétées de son amoureux, elle a si peur de ne jamais plus le revoir…

Il saute sur le marchepied et se faufile *in extremis* dans le train qui s'ébranle déjà. Juste avant la fermeture des portes, il lui jette un dernier regard teinté de tristesse. Sur le quai qui se vide, elle pleure de plus belle et s'attarde un moment avant de rentrer chez elle, le cœur lourd.

1

Justine

Qu'est-ce qu'elle a, Mamie ? Je la trouve soucieuse. Déjà à Noël, elle était bizarre. Ce sont les blagues graveleuses de tonton Max qui la mettent mal à l'aise ? Les absences répétées de Malaurie, ma cousine ? L'attitude désagréable de mon cousin Olivier ? Est-elle lasse de se faire rembarrer par Maman ? Ou bien est-ce l'absence de Papi qui l'attriste dans ces moments où nous devrions tous être réunis et où il ne manque que lui ?

Non, je n'y crois pas une seconde. Papi nous a quittés il y a plusieurs années, déjà. Je me rappelle encore la tête de Maman lorsque je suis rentrée du collège et qu'elle m'a annoncé que le cœur de Papi avait cessé de battre pendant sa sieste. Je n'avais jamais vu ma mère dans un tel état. Elle ne s'arrêtait plus de pleurer. C'est surtout cela qui m'avait choquée. Longtemps, l'image de Maman en larmes est venue me hanter la nuit.

Ma mère fait partie de ces femmes qui s'expriment peu. Elle sourit rarement, peste souvent. Elle est agacée, stressée, en colère… Je me demande bien pourquoi, d'ailleurs. Mon père assiste à ces scènes, impuissant.

Il faut dire qu'avec mon frère, on ne les a pas ménagés. Mais quelle idée d'avoir des enfants aussi rapprochés ! Antoine et moi avons à peine deux ans d'écart. Petits, on ne faisait que se chamailler. Pire que chien et chat. Ados, on s'insultait constamment. Nous laisser dans la même pièce était une vraie folie. Et puis, un déclic s'est produit. Nous avons grandi, psychologiquement surtout. Il a commencé à s'intéresser aux filles, et moi aux garçons. Au lycée, nous sommes même devenus complices. Enfin ! Pour le plus grand bonheur de nos parents, qui n'osaient plus espérer un tel dénouement.

Même si c'est de l'histoire ancienne, ma mère n'en est pas moins exaspérante pour autant. C'est une maman, en somme. J'imagine que je ne peux pas comprendre puisque je suis à des années-lumière de la maternité.

Mais le problème n'est pas là. Je m'inquiète pour Mamie. Les yeux dans le vague, elle soupire en caressant son petit chien, puis, se sentant observée, elle fait mine de sourire en regardant ma petite-cousine qui réussit ses premiers pas. C'est certain, il y a quelque chose qui cloche. Il faut que je lui parle. Je ne la lâcherai pas tant qu'elle n'aura pas craché le morceau.

Liliane

Ma petite-fille m'observe avec insistance. Je ne dois rien laisser paraître. Je la connais bien, Justine. Elle va venir me questionner et ne me laissera pas en paix tant qu'elle n'aura pas obtenu satisfaction. Quel bout de femme ! Un sacré tempérament ! Elle a de qui tenir, me direz-vous… Regardez-la avec ses yeux implorants, elle cherche à percer mon secret. Mais il n'est pas question que je lui dise quoi que ce soit. Ce n'est pas à mon âge que je vais commencer à me confier, encore moins à ma petite-fille. Ce qui m'arrive n'est pas banal. Ma propre fille pourrait me faire interner si elle l'apprenait.

J'inspire profondément, ce qui n'échappe pas à Justine. J'essaie de focaliser mon attention sur Lou, mon arrière-petite-fille. Elle est mignonne. Je n'imaginais pas connaître cette nouvelle génération. C'est un cadeau que m'a fait la vie. Je ne suis pas une vieille croûte non plus, j'ai soixante-dix-huit ans. Pourtant je sens que je fatigue. Je dors très mal, depuis quelque temps. De vieux démons viennent me rendre visite pendant mon sommeil. Ah, la vieillerie, c'est moche…

Mais oublions tout ça, c'est l'Épiphanie et j'adore la galette des rois ! Mon diabète l'aime un peu moins, mais on s'en moque, n'est-ce pas ?

« Maman ! Tu rêves ou quoi ? me demande Catherine d'un air excédé.

— Pardon ? Tu disais ? Je n'ai pas entendu.

— Que veux-tu boire ? Un verre d'eau, du cidre ou du jus de fruits ? » propose-t-elle le plus sérieusement du monde.

Comment ose-t-elle ? Elle n'est pas gentille avec moi, ma fille. J'ai dû louper quelque chose quand elle était môme et elle m'en veut. La provocation a toujours fait partie de notre vie. Je le regrette amèrement, mais comment faire machine arrière ? Il est trop tard… Je n'ai pas su lui témoigner mon affection. Je n'ai pas été une maman très tendre, je dois bien l'admettre. J'ai longtemps été frustrée, jalousant toutes ces choses que les femmes se permettent de réaliser de nos jours et qui nous étaient autrefois totalement interdites. Même mon mari, paix à son âme, je ne l'ai pas choisi. Il m'a été imposé à l'occasion d'une rencontre arrangée, à la messe, un dimanche matin. J'avais l'âge de Justine, vingt-deux ans. J'étais presque vieille déjà, il fallait me marier à tout prix. Malgré mon caractère de cochon, je ne me suis pas rebellée. Cela ne m'a même pas traversé l'esprit. On s'est adaptés l'un à l'autre. Francis m'aimait sans doute. Moi aussi, je l'ai aimé, même si…

« Alors, que veux-tu boire, Maman ? répète ma fille.

— Une coupe de champagne, s'il te plaît ! Oui, tu as bien entendu, du CHAM-PA-GNE, dis-je en décomposant les syllabes pour l'exaspérer davantage. Comme les grands !

— Tenez, mère ! lance-t-elle ironiquement en me tendant une coupe à moitié pleine.

— Encore un peu, voulez-vous ?… Merci, très chère. »

Catherine lève les yeux au ciel. Les autres, habitués à nos échanges, rient comme s'ils assistaient à une pièce de théâtre.

J'espère qu'un jour tu me pardonneras, ma fille ; si tu es comme ça, c'est un peu à cause de moi.

Catherine

Je n'en peux plus de ces réunions de famille. Elles ont toujours lieu ici, chez nous, et je dois m'occuper de tout. Sous prétexte que mon frère, Maximilien, vit dans un appartement et que c'est plus facile de réunir tout le monde dans notre belle et grande demeure…

« Chez toi, c'est plus grand, claironne Virginie, ma belle-sœur, à chaque fois qu'elle peut esquiver. Ah ! J'oubliais… Marc et Olivier seront là aussi, si ça ne te dérange pas. Ce sera l'occasion d'être tous ensemble. Hein ?

— Malaurie viendra aussi ?

— Euh… Non, pas Malaurie. »

Marc, Olivier et Malaurie sont mes neveux et ma nièce. Les garçons approchent la trentaine mais sont toujours célibataires et vivent encore aux crochets de mon frère et de ma belle-sœur. Ils sont sympas, bien qu'ils vident mes placards à chaque fois qu'ils viennent. À croire que leur mère ne les nourrit pas. Malaurie, elle, on ne la voit pas souvent. C'est la maman de la petite Lou. Il n'y a pas de papa. Il s'est fait la malle pendant la grossesse, l'enfoiré.

Je suis fatiguée. On n'est pas si nombreux, mais quel boulot, quand même. Heureusement que Justine est là pour me donner un coup de main. C'est une bonne petite. Elle m'aide volontiers. Et Maman qui fait des caprices ! Je n'aime pas la voir vieillir car je sais qu'un jour, c'est moi qui serai assise sur ce fauteuil à malmener ma fille et à caresser mon chien… Vivement demain, que je retourne travailler. Pierre me manque.

J'ai hâte de l'écouter me raconter sa semaine au ski avec ses copains. Sa vie est trépidante, comparée à la mienne. Pierre, c'est mon meilleur ami. Je l'aime beaucoup. Je l'aime tout court, je crois. Mais je suis mariée. Ah oui, tiens, je suis mariée… à cet homme qui ne me regarde plus, que je ne fais plus vibrer. Je dévisage un instant Patrice qui, contre toute attente, me sourit tendrement. Je lui réponds d'un rictus. Pierre me manque.

2

Justine

J'ai la fève ! Et je ne l'ai même pas fait exprès. Lou est encore trop petite pour se cacher sous la table et faire l'attribution des parts, alors c'est Maman qui s'en est chargée. Sous ses airs bourrus, je la soupçonne de m'avoir volontairement donné la bonne part pour me faire plaisir. C'est sa façon à elle d'être gentille avec moi. Je suis la reine et je peux choisir mon roi. Le choix est tout vu : Benjamin. C'est mon petit ami. On n'habite pas encore ensemble, mais on y pense sérieusement. Le seul hic, c'est que Papa et Maman ne le voient pas d'un bon œil. Nous vivons encore tous les deux chez nos parents respectifs. Les miens sont un peu vieux jeu et n'aiment pas trop l'idée qu'on puisse avoir des relations d'adultes – *no comment* – ; les siens sont divorcés, Benjamin vit avec sa mère. Je dors rarement chez lui pour une raison totalement absurde : il a toujours son lit d'enfant à une place. Sa chambre est trop petite pour y installer un lit double et sa batterie prend une place folle. Je lui ai suggéré de prendre un clic-clac, mais il faudrait qu'il déplace tout son attirail et il ne semble pas franchement prêt à chambouler ses petites habitudes. Il en joue rarement, pourtant, sa présence doit le rassurer : elle est là au cas où il voudrait se défouler dessus. Heureusement pour le voisinage, c'est une batterie numérique. Je préfère encore qu'il frappe sur son instrument que sur moi. Je plaisante ! Jamais il n'oserait. Le pauvre, il a besoin de se changer les idées, il travaille comme un fou : des études de droit pour devenir avocat. J'ai hâte, mais ce n'est pas demain la veille... Quant à moi, je suis en école de commerce, et il faut que je termine mes études avant qu'on puisse emménager ensemble.

Je rêvais de partir vivre à l'étranger, mais ma rencontre précipitée avec Ben a compromis mes projets. On s'est littéralement tombés dans les bras : je marchais dans la rue, le nez rivé à mon smartphone, et je lui ai foncé dessus. Lui aussi était absorbé par le sien. On s'est percutés, nos téléphones sont tombés et chacun a ramassé celui qu'il pensait être le sien. On a bredouillé quelques excuses mais la magie avait déjà opéré. De son côté, en tout cas. Moi, atteinte du syndrome de la mauvaise foi intempestive, j'ai pensé : « Quel blaireau ! Pas foutu de regarder où il marche ! » J'ai mis le téléphone dans ma poche et, bêcheuse au possible, j'ai repris ma route. Je n'avais pas fait cent mètres que mon téléphone s'est mis à vibrer. En le sortant de ma poche pour répondre, j'ai compris que ce n'était pas le mien : c'était le même modèle, mais avec un fond d'écran pathétique à l'effigie d'une illustre inconnue, une femme de toute beauté... C'est à ce moment-là que j'ai réalisé qu'on avait interverti nos téléphones.

J'ai décroché, c'était lui ! Une chance que mon portable ne s'était pas encore verrouillé. Bref… On s'est donné rendez-vous au café du coin. J'avais un peu de temps avant mon prochain cours. On a parlé longtemps, échangé nos téléphones – enfin, nos numéros cette fois –, et puis on s'est revus quelques jours plus tard. Il avait changé son fond d'écran. On s'est embrassés et on ne s'est plus quittés. Le blaireau m'avait charmée.

Cela fera deux ans dans un mois et douze jours exactement. C'est mon roi. Je l'aime beaucoup. Ou plutôt, je l'aime vraiment. Roooh, je l'aime tout court, quoi. J'ai du mal à le lui dire… Se pourrait-il que je tienne de ma mère ?

Catherine

Il ne veut pas cesser de la tripoter devant nous, tout de même ? Qu'elle le prenne comme roi, c'est une chose, mais il n'est pas obligé de l'embrasser avec la langue. Ils sont adultes, bon sang ! Toutes ces démonstrations pour si peu, c'est grotesque. Il s'imaginait peut-être qu'elle choisirait son père… Son père, parlons-en, justement, il est au bord de l'explosion. Je vois la veine de son front vibrer par à-coups. Il ne l'aime pas beaucoup, le Benjamin, et le voir se comporter ainsi avec sa progéniture risque bien de le faire sortir de ses gonds. Il le considère probablement comme celui qui va lui piquer sa fifille chérie. Il trouve toujours matière à le critiquer : « Il est radin ; il est trop jeune ; pas assez mature ; trop ceci ou pas assez cela… » Si j'étais Justine, j'aurais changé de petit ami depuis longtemps rien que pour éviter toutes ces critiques. Mais c'est Justine : plus on lui dit de ne pas faire quelque chose, plus elle prend un malin plaisir à s'y atteler. C'est une rebelle. Elle doit tenir ça de ma mère, parce que moi, je suis tout le contraire : on pourrait m'écraser que je ne bougerais pas.

Benjamin est le premier petit ami qu'elle nous présente, c'est sûrement sérieux entre eux. Heureusement pour nous – ou pas, d'ailleurs –, malgré ce qu'il semble faire croire à Justine, il n'a pas l'air pressé de vouloir se mettre en ménage avec elle. Cela me convient plutôt bien, je préfère la savoir sous mon toit, pour le moment.

Bon, ils vont arrêter, là ? ! Je n'ai pas envie d'être grand-mère à cinquante-cinq ans, je suis encore trop jeune. Espèce de petit chaud lapin, un petit verre d'eau te fera le plus grand bien.

« Oh, pardon, Benjamin ! Je ne l'ai pas fait exprès. »

Liliane

Incroyable ! Ma fille vient de renverser un verre d'eau sur les tourtereaux. Ils étaient bien trop occupés à se bécoter pour voir ce qui se tramait. Je ne suis pas peu fière. Cela me démangeait tellement aussi, je dois bien l'admettre. Non, mais quelle tenue ! Enfin, ma Justine, on est en famille ! Et mon gendre qui ne dit rien… À son regard, je devine qu'il n'en pense pas moins ; il est au bord de la crise d'apoplexie, le pauvre.

Vous verriez leur tête, aux deux p'tits jeunes. Elle a bien visé, ma Cathy : pile là où je pense ! Il avait sans doute besoin d'un petit rafraîchissement, le garçon.

« Ce n'est que de l'eau, Catherine, dit-il. Ça va sécher, ne vous inquiétez pas.

— Maman, vraiment ! Tu ne peux pas faire attention ? Viens, mon chéri, on va mettre un petit coup de sèche-cheveux là-dessus, dit Justine en se levant. Il ne faudrait pas que tu attrapes froid. »

Tous deux se dirigent vers la salle de bains sous les regards éberlués des convives.

« Bravo, c'est malin, Cath ! Que crois-tu qu'ils vont faire maintenant, enfermés dans la salle de bains ? Enfiler des perles ? marmonne Patrice, furibond.

— Mais laissez-les tranquilles ! Ils sont majeurs et vaccinés ! rétorque Maximilien qui se lève pour aller espionner ce qui se passe un peu plus loin. C'est bon, j'entends le sèche-cheveux. Vous avez vraiment les idées mal placées, je vous jure… » lâche-t-il en s'esclaffant.

Et c'est lui qui dit cela… Il a beau être mon fils, je ne suis pas toujours d'accord avec ses faits et gestes. Quand il était plus jeune, il collectionnait les amourettes. Il s'est calmé quand il a rencontré Virginie, mais vu l'épanouissement de cette dernière, je ne suis pas certaine qu'il la rende très heureuse. Je pense même qu'elle a des cornes d'au moins cinquante centimètres sur la tête. Si elles pouvaient se matérialiser, la pauvre Virginie ne passerait plus sous les portes. Mais tout cela ne me regarde pas, une belle-mère doit savoir rester à sa place. C'est ce que je fais ! Quant à mes petits-fils, ils sont aussi pervers que leur père. Sourires en coin, leur imagination carbure à plein régime. Tout le monde se regarde du coin de l'œil, guettant des bruits suspects depuis la salle de bains. Ils en mettent du temps !

« Je reprendrais bien une part de galette ! Et j'ai soif ! Qui veut quelque chose ? » lancé-je pour faire diversion.

Justine

« Tiens, mon cœur », dis-je à Benjamin en lui tendant le sèche-cheveux.

Il verrouille la porte. Je comprends à son regard de prédateur qu'il a un tout autre projet que celui de sécher son jean. Il saisit le sèche-cheveux, l'allume et le pose sur la vasque. Il jette un coup d'œil furtif à sa montre et m'attire vers lui, presque brutalement, tant l'excitation est forte.

« Grouille-toi, on n'a pas beaucoup de temps. Je ne savais plus comment m'y prendre pour te faire passer le message. J'ai trop envie de toi… murmure-t-il en déboutonnant son pantalon. Cette flotte que ta mère a renversée sur moi, c'est une bénédiction, ajoute-t-il en glissant sa main dans ma culotte. Waouh… il n'y a pas que mon jean qui est trempé…

— Benji, calme-toi, mon cœur. J'ai très envie de toi aussi, mais là, tout de suite, ce n'est pas possible.

— Bien sûr que si… Il suffit de le vouloir. Y en a pas pour longtemps », dit-il en soulevant ma jupe et en essayant d'ôter mes collants.

C'est sûr qu'à ce rythme… Il a un train à prendre ou quoi ?

« Oh… Ah… Benji, chéri… Arrête, s'il te plaît ! Je suis super mal à l'aise. Ils risquent de nous entendre. Doucement ! Chuuuut ! dis-je, plus pour moi que pour lui, qui s'affaire à me, ou plutôt à se donner du plaisir.

— Aucun risque, ils font du bruit là-bas, et puis avec ce sèche-cheveux, ils n'entendent rien… T'inquiète, détends-toi, bébé ! J'y suis presque… »

Ce n'est pas du tout ce que j'espérais. Je déteste quand il est comme ça. Je me sens bien impuissante face à son entrain incontrôlable.

« Raaaahhh… Hmm… c'était bon ! Je me sens mieux. Tu vois, j'ai fait vite, une minute dix ! » dit-il fièrement en remontant son caleçon qui gisait sur ses chevilles.

Une minute dix ? Alors là, c'est le pompon ! Je ne sais pas quoi répondre. Je suis sidérée. Et moi, alors ? Il s'en fout ? À quelques mètres, ma famille tout entière attend sagement que nous sortions de cette salle de bains. Et si Olivier ou Marc avait collé l'oreille contre la porte pour écouter ce qui se passe ? Les deux en sont parfaitement capables… La honte !

Je jette un œil dans le miroir, je suis rouge pivoine. Ma colère monte. Benjamin, lui, est calme et serein : les endorphines font le job. Avec le sèche-cheveux, il entreprend de sécher son jean, comme si de rien n'était.

Lorsque enfin son regard croise le mien, il comprend qu'il y a quelque chose qui cloche.

« Ça ne va pas, bébé ?

— Non, ça ne va pas ! Maintenant que tu as fait ta petite affaire, tu n'as qu'à rentrer chez toi…

— Mais, bébé… »

Je quitte la salle de bains la première. La petite Lou, trop mignonne, vient à ma rencontre. Elle ne me voit pas souvent mais elle me colle comme si j'étais sa maman. Encore une petite fille qui n'a pas l'affection qu'elle mérite. Une vague de tristesse m'envahit sans que je sache trop pourquoi.

De retour dans le salon, j'évite soigneusement de croiser les regards qui me dévisagent. J'observe Mamie furtivement. Je ne sais pas si elle lit un SOS dans mes yeux, mais j'ai envie de lui sauter au cou lorsqu'elle dit :

« Justine, tu veux bien me raccompagner à la maison ? Je suis fatiguée.

— Tu ne restes pas dîner ? lui demande ma mère, surprise.

— Ma fille, sais-tu combien de points Weight Watchers représente une part de galette ? répond ma grand-mère.

— Euh… non, pas vraiment.

— Vingt-trois points ! Les vingt-trois points qui me sont autorisés par jour… Sachant que j'en ai mangé deux parts, j'ai explosé mon quota du week-end tout entier. Justine, on y va ?

— Oui, Mamie. Laisse-moi prendre quelques affaires. »

Mamie habite à quelques rues d'ici, en plein centre-ville. Elle prend son chien sous le bras et embrasse tout le monde tour à tour. J'en fais autant : je crois que je vais rester dormir chez elle, ce soir, comme je le fais de temps en temps. Ça lui fera de la compagnie, elle sera ravie. Je ne digère pas ce qui s'est passé dans la salle de bains et je n'ai pas envie d'affronter mes parents ; cela me fera des vacances.

Nous croisons Benjamin sur le pas de la porte. Zut, j'espérais filer incognito.

« Tu as mis ton manteau ? On va où, Juju ?

— Toi, tu restes ici si ça te chante. Moi, je raccompagne ma grand-mère : je dors chez elle. Pas vrai, Mamie ?

— Parfaitement ! Dites, jeune homme, votre braguette est ouverte. »

Benjamin panique et inspecte son entrejambe, mais Mamie lui a joué un tour. Elle s'éloigne en gloussant, fière de son espièglerie.

« Bébé, on s'appelle, hein ? » lance Benjamin, inquiet.

Son regard traduit une vive incompréhension, mais je ne lui réponds pas. La porte d'entrée claque derrière nous. Je prends une grande inspiration. J'avais besoin d'air. Le vent froid me rappelle que nous ne sommes qu'en début d'année. Une petite marche me fera le plus grand bien. Et quelle meilleure occasion pour tirer les vers du nez de ma chère grand-mère ?

3

Justine

En chemin, nous restons silencieuses, interrompant notre marche au rythme des pauses de Milou qui renifle les poteaux et arrose les murs. Milou, c'est l'adorable et dynamique jack-russell de ma grand-mère chérie, le compagnon idéal pour la maintenir en forme.

Comme Mamie se cramponne à mon bras, je sens la chaleur de son petit corps. Sa présence me rassure. Je ne dis rien. Elle non plus, d'ailleurs. Ce petit jeu-là peut durer longtemps entre nous. Nous nous ressemblons beaucoup, elle et moi. Je n'aime pas causer lorsque je suis contrariée. Par contre, je cogite à plein régime ! Je suis en rogne contre Benjamin. Je devrais peut-être me sentir flattée qu'il ait envie de moi à ce point, mais je lui en veux de ne penser qu'à son petit plaisir. Ce que je pense, ce que je ressens, il s'en contrefout. Ce que je lui dis entre par une oreille et ressort par l'autre aussitôt. Ce n'est pas la première fois qu'il me déçoit. J'ai beau n'avoir que vingt-deux ans, plus on avance tous les deux, moins je parviens à me projeter avec lui. Même si je ne suis pas encore prête à me caser pour la vie, ne suis-je pas tout simplement en train de perdre mon temps ? Et si je faisais fausse route ? M'aime-t-il vraiment ? Comment en être certaine ? Et si ce n'était pas le bon ?

« Dis, Mamie, comment as-tu su que Papi était l'homme de ta vie ? »

Mamie ne répond pas. Son sonotone doit être au minimum. Son sonotone ? Mais depuis quand en a-t-elle un ? N'importe quoi ! me dis-je en regardant ses oreilles cachées sous son gros bonnet en laine. Elle m'ignore, c'est tout…

Liliane

Comment j'ai su ? Elle est bien bonne, celle-là. Ah ! ma petite-fille est exceptionnelle : sans rien savoir, elle met le doigt là où ça fait mal. Éluder sa question est encore la meilleure chose à faire. Cela a du bon d'être vieux : on est forcément sourd à mon grand âge. Si seulement mon silence pouvait la dissuader. Son Benjamin ne la mérite pas. Mais je ne suis pas objective, ce jeune homme n'est rien pour moi alors qu'elle… c'est mon rayon de soleil, ma petite-fille chérie, ma…

« Mamie… Comment as-tu su que Papi était le bon ? »

Saperlipopette ! Elle insiste. Comment ai-je pu imaginer un seul instant qu'elle s'avouerait vaincue du premier coup ?

« Pardon… Qu'est-ce que tu racontes ? » rétorqué-je pour gagner du temps.

Elle s'arrête net, se fige devant moi, plante son regard dans le mien et articule distinctement :

« Papi ? Tu te rappelles, ton mari, Francis ! À quel moment as-tu compris que tu voulais faire ta vie avec lui ?

— Ah, ça… dis-je, évasive. Ce serait bien long à te raconter. C'est tellement loin. Cela n'a pas grand intérêt. J'imagine que tu te poses des questions sur ta relation avec ton… Comment s'appelle-t-il déjà ? Ah oui, Benjamin.

— Oui, je me sens un peu perdue.

— Est-ce que tu l'aimes ?

— Bah… j'ai l'impression.

— Avoir l'impression ne me semble pas suffisant, vois-tu ? Est-ce qu'il te manque quand tu ne le vois pas ?

— …

— Est-ce que tu rêves de lui, la nuit ? Est-ce que ton cœur s'affole lorsqu'il est près de toi, que sa main effleure ta peau ? Est-ce que ton corps le réclame ?

— Euh…

— Si ce n'est pas le cas, alors peut-être n'as-tu pas encore rencontré ton âme sœur. Être amoureux, ce n'est pas seulement aimer l'autre ou en avoir l'impression. C'est aussi être aimé en retour comme on voudrait l'être.

— Euh… je t'ai perdue, là, Mamie.

Simone de Beauvoir disait : "Quand quelqu'un tombe amoureux de vous, vraiment amoureux, c'est une magie." Pour faire court, si vivre sans Benjamin te paraît insurmontable, alors c'est le bon, enfin peut-être. Encore faut-il qu'il t'aime comme tu le souhaites. Sinon, passe ton chemin, ma grande !

— Mamie ! rétorque-t-elle, outrée.

— Tu m'as demandé mon avis, je te le donne.

— Ce n'est pas tout à fait ce que je voulais savoir...

— Ah bon ? Alors ta question n'était pas intéressante », dis-je pour couper court.

Je ne suis pas fière de moi. Mais comment pourrais-je lui révéler la vérité ? À quoi bon lui avouer que Francis n'était pas l'homme de ma vie, qu'il m'a été imposé et que je me suis accommodée de sa façon de m'aimer ? Que de mon temps, les vraies amours n'avaient que très peu de chance d'exister ? À son âge, je n'y croyais déjà plus. Je ne veux pas que cela lui arrive.

Nous arrivons enfin à la maison, j'ai les orteils glacés. Nous avons marché vite, mais le froid est vraiment cinglant. J'habite au rez-de-chaussée d'une maison de ville divisée en plusieurs logements. Avec mon carré de jardin à l'arrière, j'y suis bien. Lorsque Francis est mort, j'ai quitté la maison que nous avions à une trentaine de kilomètres d'ici, en pleine campagne. Je voulais me rapprocher de mes enfants. La maison de Catherine se trouve à quelques rues dans un quartier pavillonnaire. J'avais envie d'être citadine, d'utiliser le moins possible ma voiture (que j'ai fini par vendre), de pouvoir faire mes petites courses à pied, quand cela me chantait, de ne dépendre que de moi-même aussi longtemps que la santé me le permettrait. J'aime vivre seule dans ces conditions. Et puis j'ai Milou, mon compagnon de tous les jours, mon remède anti-morosité. Regardez comme il est content de rentrer chez lui !

« Calme-toi ! Tu vas rayer le parquet ! » dis-je au chien qui bondit comme un possédé.

Justine

Nous voilà chez Mamie. Milou est devenu fou. Il court partout, émettant de petits aboiements contenus. On dirait vraiment le chien de Jim Carrey dans le film *The Mask*. Il finit par s'épuiser et file dans son panier, la langue pendante. Mamie me tend mes chaussons, signifiant clairement qu'il faut que je me déchausse : on ne marche pas pieds nus chez elle, on pourrait tomber malade. Ce qui ne risque pas de se produire compte tenu de la température… Il fait si chaud ici !

« Mamie, tu devrais baisser le chauffage. On crève, chez toi.

— Je déteste avoir froid, tu le sais bien.

— Oui, mais ce n'est pas très écolo. Il fait vingt-quatre degrés, dis-je en examinant son vieux thermomètre accroché au mur.

— Écoute, Justine, si tu es venue ici pour faire ta rabat-joie, retourne donc chez tes parents.

— Pardon, Mamie. Tu as raison, tu fais ce que tu veux chez toi. Après tout, tu as dû suffisamment souffrir du froid quand tu étais petite, j'imagine. C'est à la nouvelle génération de faire attention.

— Voilà qui est bien dit ! C'est ta mission plus que la mienne. »

Je m'assieds dans le canapé en velours et j'allume les enceintes avec mon téléphone. Chez Mamie, j'écoute de la musique classique, cela m'apaise, me détend. Après quelques minutes, Mamie daigne enfin s'installer à mes côtés. Elle dépose sur la table basse un plateau avec deux mugs d'où pendouille une étiquette « Infusion nuit calme », et des galettes bretonnes disposées dans une petite assiette.

« Des biscuits pur beurre… Et ton régime ? Ça vaut combien de points Weight Watchers ?

— Beaucoup trop. Il ne vaut mieux pas le savoir », dit-elle en croquant avec gourmandise un petit gâteau.

Bercée par le rythme lancinant de la musique, je vois le regard de Mamie se perdre. Elle émet un long soupir. Si je la questionne à nouveau, elle va m'envoyer promener. Je l'ai déjà vue plus loquace, c'est clair ! Je reste convaincue qu'elle cache quelque chose. *Oh my God*, j'espère qu'elle n'est pas malade…

Je ferme les yeux pour mieux apprécier la sonate « Appassionata » de Beethoven qui envahit la pièce. Ce déferlement de notes est si magnifique qu'il me procure un flot d'émotions. J'ouvre un œil pour m'assurer que ma grand-mère respire toujours. C'est le cas. Je distingue une larme qui perle sur sa joue, mais je fais mine de n'avoir rien vu. J'en conviens, cette musique est bouleversante.

Liliane

Justine s'est endormie près de moi. J'allonge ses jambes et je dépose une couverture sur elle.

La musique classique provoque en moi un torrent

de regrets. Ma petite-fille ignore que j'ai aimé très fort un homme, autrefois. Un musicien, un violoniste. Il était l'homme de ma vie. Un jour de mai 1958, il a pris le train en direction de Paris pour passer une audition à l'Opéra Garnier. Je ne l'ai jamais revu. Je n'ai reçu aucune nouvelle. J'ignore ce qui lui est arrivé. Il m'avait pourtant promis de revenir me chercher. Il voulait qu'on se marie, qu'on ait des enfants. Dans ses bras, j'ai découvert l'amour dans ce qu'il a de plus beau et de plus charnel. Il avait quelques années de plus que moi et était d'une douceur exquise. Ses caresses, ses baisers, ses regards amoureux… Aujourd'hui encore, mon corps s'en souvient. Mes parents n'en ont jamais rien su. Si seulement j'étais montée dans ce train avec lui…

Dans son sommeil, Justine grimace, comme si elle me blâmait d'avoir une telle pensée. Si j'étais montée dans ce train, elle ne serait pas là, ma Juju, pas plus que mes enfants d'ailleurs. Un acte anodin peut avoir des conséquences irrévocables. La vie est ainsi faite. Oh ! je n'ai pas été malheureuse avec Francis, j'avais beaucoup d'affection pour lui. Mais il n'a jamais su m'aimer comme je l'aurais voulu.

4

Justine

Je me suis endormie sur le canapé. Mamie m'a recouverte d'un plaid. Quand je sors de ma léthargie, tout est silencieux. Il est sûrement tard. Je jette un coup d'œil à mon téléphone. En effet, il est 2 h 48. Plusieurs SMS sont affichés sur l'écran, tous de Benjamin. Je les ignore. Je n'ai pas envie de savoir ce qu'il a à me dire.

Milou dort sur mes pieds… Le vilain, je ne suis pas certaine qu'il ait l'autorisation de monter sur le canapé.

« Allez, descends de là, canaille ! » chuchoté-je pour ne pas réveiller ma grand-mère.

Encore ensommeillé, le chien file se coucher dans son panier. Je m'apprête à me rendormir lorsque des bruits étranges me parviennent depuis la chambre de Mamie. Je tends l'oreille, les gémissements sont de plus en plus forts. Et si elle faisait un malaise ou un truc dans le genre ? Je me lève d'un bond pour aller m'assurer que tout va bien. J'actionne la lampe de mon téléphone pour éviter de l'éblouir et je passe la tête par la porte entrebâillée. On dirait qu'elle sanglote. Je m'approche du lit. Mamie transpire, agite la tête de gauche à droite. Je ne sais pas quoi faire. Dois-je la réveiller ? Non, elle risquerait de prendre peur. Je préfère largement qu'elle ronfle, elle est moins flippante… Que lui arrive-t-il ? Cela va sans doute passer tout seul. Je m'apprête à reprendre la direction du salon lorsqu'elle hurle :

« Charles, reste ! »

Son cri me fige sur place. Mamie s'est assise d'un bond dans son lit, parfaitement réveillée, tout à coup.

« Justine ? Que fais-tu dans ma chambre ? me demande-t-elle, le souffle court.

— Je venais m'assurer que tu allais bien. Tu as dû faire un cauchemar, tu gémissais dans ton sommeil. Tu es trempée, bois un peu », dis-je en lui servant un verre d'eau.

Mamie a toujours une bouteille près du lit et un verre sur sa table de chevet.

« Merci, Justine, dit-elle en trempant à peine ses lèvres dans l'eau.

— C'était quoi, ce rêve ?

— Rien d'important.

— Maintenant ça suffit, Mamie ! Je ne vais pas te manger, je veux juste t'aider. Tu crois que je ne me suis rendu compte de rien ? J'ai bien vu que tu n'allais pas fort, ces derniers temps ! Et dans ce cauchemar, tu as crié : "Charles, reste !" C'est qui, ce Charles ? Je le connais ? » dis-je plus doucement.

Liliane

Bon, soit je lâche le morceau, soit elle m'arrache les yeux. Justine braque sur moi son téléphone qui m'aveugle. C'est un interrogatoire. J'allume ma petite lampe de chevet, mais un point lumineux persiste dans mon champ de vision. Justine éteint enfin sa torche.

« Mamie Li, je veux juste t'aider », répète-t-elle en posant sa main sur la mienne.

Quand elle m'appelle Mamie Li, je ne sais rien faire d'autre que céder. Elle a gagné. En soulevant mes draps, je lui dis :

« Viens dans le lit, tu vas prendre froid.

— Froid ? Tu rigoles ! Il fait au moins vingt-cinq degrés.

— C'est vrai, mais viens quand même. On en a pour un bon moment. »

Justine comprend que je suis prête à tout lui dire. Elle se faufile près de moi, pose sa tête sur l'oreiller et me fixe intensément en attendant que je lui explique. Au bout de quelques secondes qui, je le sais, lui paraissent durer une éternité, je lâche enfin :

« Il y a très longtemps, j'ai aimé un homme comme on aime rarement.

— Hein ? Quoi ? Toi, Mamie, tu as eu un autre amour que Papi ?

— Tu es déçue ?

— Déçue ? Non. Surprise. Je croyais qu'il n'y avait eu qu'un homme dans ta vie. C'est ce que j'avais compris. Mais alors, raconte ! Je meurs d'envie de connaître ton histoire.

— Je vais tout te raconter, mais d'abord, tu dois me promettre de ne rien dire à personne.

— Bien sûr, Mamie. Comment peux-tu douter de moi ? À qui voudrais-tu que j'en parle ?

— À ta mère, par exemple…

— Ça va pas la tête ! Je ne dirai rien à Maman.

— Je n'ai jamais parlé de cette histoire à personne, comprends-moi, ma Justine.

— C'est promis, tu peux me faire confiance. »

Justine

Je n'en reviens pas ! Je me sens comme une gamine à qui l'on va raconter un joli conte au moment de s'endormir : impatiente et curieuse. Mais cette fois, pas question de conte de fées destiné à faire rêver les petites filles : c'est Mamie l'héroïne de cette histoire qu'il me tarde d'entendre. Suspendue à ses lèvres qui ne m'ont jamais semblé aussi fines, aussi délicates, j'attends. J'ai presque cessé de respirer. Sa bouche frémit, les mots s'échappent :

« J'avais à peine dix-sept ans. Et de mon temps, à dix-sept ans, on n'était pas autorisé à aimer d'amour. Soit on se mariait, soit on se cachait. Je me suis cachée. »

Incapable de continuer, Mamie fait une pause. Ses yeux brillent. Puis elle reprend :

« J'étais amoureuse comme jamais plus je ne l'ai été. Il se prénommait…

— Charles ? suggéré-je doucement.

Oui, Charles. Aujourd'hui encore, il suffit que je prononce son prénom ou même que je l'entende pour que la chair de poule s'empare de mon corps. Regarde ! dit-elle en retroussant la manche de sa robe de chambre.

— Waouh… Après toutes ces années, c'est dingue !

— Je l'avais dans la peau, cet homme, et je crois bien que je l'aurai dans la peau jusqu'à la fin de mes jours. Même si, bien sûr, il y a eu ton grand-père.

— Que s'est-il passé, Mamie ? Je veux tout savoir, dans les moindres détails.

— À l'époque, je m'occupais des filles de la voisine. Après l'école, je me rendais souvent dans ce petit parc près de la maison. Il était là tous les jours, qu'il pleuve, qu'il vente ou que le soleil brille. C'était comme un rendez-vous quotidien. Et il ne venait pas seul, il était avec son violon. Il jouait…

— C'est tellement beau, Mamie. Continue !

— Les petites que je gardais auraient pu se faire enlever que je ne m'en serais pas aperçue tellement j'étais emportée par ses mélodies mélancoliques. Dès le premier jour, sans rien comprendre à ce qui m'arrivait, j'avais eu un coup de foudre. Il m'avait hypnotisée. Il était grand, il avait vingt ans, de beaux yeux verts, une bouche fine, toujours rasé de près. Il sentait bon et il avait des mains magnifiques… Pour gagner sa croûte, il faisait la manche en jouant du violon. Je lui aurais donné ma fortune si j'avais pu. Plus d'une fois, j'ai chipé dans le porte-monnaie de mon père pour lui donner une pièce. Un jour, comme j'osai m'approcher de lui (cela faisait déjà plusieurs fois que j'étais au rendez-vous), il cessa de jouer et me dit : "Mademoiselle, arrêtez de me donner tout votre argent, vous allez vous ruiner. Pour vous remercier, permettez-moi de vous offrir un thé."

— C'est trop mignon, m'exclamé-je. Il a vraiment dit "un thé" ? Quel gentleman !

— N'exagère pas, Justine, ce n'était que de l'eau chaude… »

Nous explosons de rire, Mamie et moi. Elle a raison, ce n'était que du thé, mais cela me semble tellement romantique ! Tandis qu'elle m'en parle, je la sens très émue derrière ses airs de femme insensible.

« Pardon, Mamie, continue, je t'en supplie !

— Ce jour-là, je ne pouvais pas "prendre le thé", je devais ramener les gamines chez elle. Mais le lendemain, pour me libérer, j'ai prétexté une maladie et c'est Louise qui s'est occupée des petites voisines.

— Tante Louise ?

— Exactement. J'ai dû la payer, la bougresse, pour qu'elle accepte d'y aller à ma place ! Déjà à l'époque, elle était près de ses sous.

— Et elle t'a demandé pourquoi ?

— Oh que non ! Je t'ai dit que personne n'était au courant de cette histoire.

— Ah oui, désolée. Et alors, ce thé ?

— Je ne suis pas allée à l'école…

— Tu as séché ? Non ? !

— Hé ! tu veux bien arrêter de m'interrompre, s'il te plaît !

— Oups, pardon…

— Dès midi, j'ai fait le pied de grue au parc, sous le kiosque où il avait l'habitude de jouer. Il pleuvait des cordes et il faisait un froid de canard. C'était le jour de la Saint-Vincent, je m'en souviens très bien, ne me demande pas pourquoi. C'est ainsi. Je risquais de tomber malade, mais je n'aurais quitté mon poste pour rien au monde. Vers 15 heures, il est enfin arrivé. Il s'est avancé vers moi d'un pas déterminé et il est resté planté là un moment sans dire un mot. Comme il cherchait des yeux les deux fillettes que je gardais habituellement, c'est moi qui, rompant le silence, lui ai dit en claquant des dents : "Elles ne sont pas là et j'ai très envie d'un thé, cher monsieur."

— Génial ! dis-je en tapant dans mes mains. Vite, la suite !

— Si tu ne me coupais pas sans cesse… En guise de réponse, il a saisi ma main glacée et je me suis laissé faire. La sienne était si chaude, si douce. Je l'aurais suivi n'importe où…

— À ce point ? Et où êtes-vous allés ? lui demandé-je avec une pointe d'espièglerie dans le ton.

— Nous sommes allés dans un café, tout près. Il y avait ses habitudes. Il m'a tenu la porte…

— Waouh…

— Il a reculé ma chaise pour que je m'asseye, avant de prendre place en face de moi. Il me vouvoyait. Personne n'avait jamais agi comme ça avec moi !

— *Oh… my… God !* J'ai l'impression d'assister à une comédie romantique. »

Ma grand-mère éclate de rire. C'est tellement bon

de la voir comme ça ! Je ne l'ai jamais trouvée aussi touchante qu'à cet instant. Je vais être morte de fatigue à la fac, demain, mais qu'importe, ce moment que je partage avec elle restera gravé dans ma mémoire à tout jamais. C'est si précieux.

Liliane

Quel soulagement. Je me sens libérée d'un poids. Et encore, je n'en suis qu'au début… Justine me regarde avec les yeux de l'innocence, sans jugement. Je la revois petite, lorsque je lui contais une histoire avant qu'elle ne s'endorme. Elle affiche le même enthousiasme, voire plus encore. Je continue mon récit, lui raconte mes premiers échanges avec Charles, sa passion pour la musique, tout ce qu'il avait bien voulu me dire durant ce premier rendez-vous.

« Ses yeux pétillaient. Je me le rappelle comme si c'était hier. Pour la première fois, je me sentais femme. À part sa main qui effleura la mienne à plusieurs reprises, il ne se passa rien, cette première fois. Il lui fallut plusieurs thés pour me conquérir ! En réalité, j'étais cuite depuis notre premier regard, son talent m'avait tout simplement envoûtée. Lorsqu'il parlait, j'étais suspendue à ses lèvres qu'il me tardait de dévorer. La nuit, il était le protagoniste de tous mes rêves. C'était celui que j'avais choisi pour ma première fois. Un jour, avec l'arrivée du printemps et alors que j'étais devenue une experte en école buissonnière, c'est moi qui avais pris les devants : j'avais décidé de m'offrir à lui. »

Justine manque de s'étouffer en m'entendant prononcer ces mots.

« Quoi ? C'est toi qui as voulu passer à l'acte ?

— Et pourquoi pas ? Je l'aimais tellement et il m'aimait aussi. Lui seul méritait ma virginité. Mes parents n'auraient jamais voulu que je l'épouse. Ils l'auraient considéré comme un "sans-le-sou" s'ils l'avaient connu. Il n'avait pas de toit fixe, ne demeurait que peu de temps dans la même ville, logé par des amis éphémères rencontrés au gré des opportunités qui se présentaient…

— Et d'où venait-il ? Je veux dire, il n'avait plus de famille ?

— Son père n'était pas rentré de la Seconde Guerre mondiale. Quant à sa mère, elle ne supportait pas que son fils préfère son violon à la bêche. Il s'était sauvé de chez lui avec pour seul désir de devenir un grand violoniste.

— C'est ce qu'il est devenu ?

— Je n'en ai aucune idée… »

Justine

Ma grand-mère est une héroïne. J'en suis tellement fière ! Ces révélations bouleversent en tout point l'opinion que j'avais d'elle : on ignore tant de choses du passé de nos ancêtres. On ne se pose pas de questions sur la vie qu'ils ont menée, les choix sociaux et culturels qu'ils ont dû faire selon l'époque... Ils sont pour nous un grand-père ou une grand-mère, mais avant cela, ils ont été des bébés, des enfants, puis des adultes et des parents, il ne faut pas l'oublier. Pour moi, Mamie a toujours été Mamie. Je découvre seulement aujourd'hui qu'elle a eu des désirs de jeune femme et qu'elle a même provoqué certaines choses. Je n'en reviens pas.

« Et alors, Mamie, cette première fois ? » lui demandé-je, pressée d'en savoir plus.

Elle ne me répond pas immédiatement. Un voile de tristesse ternit son regard. Mince, c'était nul et douloureux, elle en a gardé un mauvais souvenir et je viens de le faire remonter à la surface. Quelle idiote je fais ! Je m'en veux... Mamie soupire.

« Tu vois la scène du film *Titanic* où Rose et Jack font l'amour dans la voiture ? Te rappelles-tu ce moment ?

— Mamie, j'ai vu ce film dix fois, dont au moins cinq avec toi. Je l'adore, tu le sais bien. Évidemment que je me rappelle.

— Eh bien, c'était encore mieux, dit-elle en rougissant. Parce que nous, on ne jouait pas la comédie, on n'a pas fait semblant. J'étais en paix avec moi-même, calme et sereine, persuadée que ce moment serait magnifique. Et ce fut le cas. Charles était aussi délicat qu'il pouvait l'être avec son archet. J'étais comme une partition qu'il s'amusait à découvrir. Ce fut tout simplement magique, envoûtant, exaltant.

— Waouh, Mamie. Et vous avez fait ça dans une voiture, comme Rose et Jack ?

— Non, bien sûr que non ! Un de ses copains lui louait une chambrette sous les toits de l'immeuble de son père. Nous sommes restés classiques : c'est un lit qui fut le témoin de nos premiers ébats amoureux. Mais qu'importe, dans ses bras, j'étais bien partout.

— Et vous avez remis ça ?

— Aussi souvent que possible. Jusqu'au jour où…

— Oh non ! Que s'est-il passé ?

— Il est monté dans ce train…

— Il est parti ?

— Quelques jours plus tôt, alors qu'il faisait la manche dans le parc où nous nous étions rencontrés, un homme très élégant s'est arrêté un long moment pour écouter Charles jouer. Après plusieurs morceaux, l'homme lui a dit que des auditions allaient avoir lieu à Paris, pour l'orchestre de l'Opéra Garnier, et qu'avec son talent, il avait toutes les chances d'être retenu. C'était le rêve de Charles ; il fallait qu'il y aille, je ne pouvais pas l'en empêcher. C'était son rêve… »

Mamie répète cette phrase dans un murmure. Elle est perdue dans ses pensées.

« Et il n'est pas revenu, le salaud ?

— Sois correcte, veux-tu ? Tu parles de mon Charles bien-aimé.

— Oui, mais ensuite ?

— Quand il est parti, il a promis de revenir me chercher. Pourtant… Il n'est jamais revenu, n'a jamais donné de ses nouvelles. Je ne sais pas ce qu'il s'est passé à Paris. Nous n'avions pas le téléphone à l'époque. Il ne m'a pas écrit, n'est pas venu me chercher. Les jours ont passé… les semaines, puis les années. J'ai cru mourir du mal d'amour tant il me manquait. Mais personne ne s'est jamais rendu compte de rien. La vie a continué sans lui. Je me suis demandé si je n'avais pas rêvé nos instants volés. Quelques années plus tard, nous avons déménagé, démarré une nouvelle vie ailleurs, et on m'a présenté Francis. À l'église… Quelle ironie ! Cela faisait belle lurette que je ne croyais plus en Dieu. S'il existait vraiment, il m'aurait rendu mon grand amour, dit-elle, soudain fâchée.

— Mince… je suis si triste pour toi.

— Ne le sois pas. C'est ainsi que les choses devaient se passer. Sinon, tu ne serais pas là, mon enfant, dit-elle en déposant un baiser sur mon front. Tu devrais dormir, Juju, demain, tu seras fatiguée par ma faute.

— Ce n'est pas grave, Mamie. Je suis tellement contente que tu m'aies raconté ton histoire. Et ce cauchemar, alors ? C'est quoi, au juste ?

— Ah, ce cauchemar…

— Tu ne vas pas recommencer à me faire des cachotteries ? Allez, dis-moi ! De toute façon, je ne suis pas près de me rendormir, je suis excitée comme une puce !

— Calme-toi, sinon je te renvoie fissa dans le canapé.

— Mamie, allez, j'attends. C'était quoi, ce cauchemar ? »

Liliane

Il est presque 4 heures du matin, je suis accablée de

fatigue, mais Justine est insatiable. Moi, je n'ai rien à faire demain, mais la pauvre enfant doit aller à l'université, dans quel état sera-t-elle si nous continuons de discuter jusqu'à pas d'heure ? En plus, je la connais, quand je lui aurai raconté mon rêve, elle en voudra encore. Elle ne sait pas s'arrêter.

« Hé, Mamie, ne fais pas semblant de t'endormir. J'ai compris ton manège, me lance-t-elle.

— Ah, tu as remarqué ? J'espérais que tu n'y verrais que du feu… D'accord, je te raconte encore. Depuis quelques semaines, Charles hante mes rêves. Chaque nuit, à peu près à la même heure, il me rend visite. Il est là, il me regarde. Il est le même que dans le temps, comme s'il n'avait pas vieilli. Je m'approche de lui, il sourit, son regard est mélancolique. Lorsque enfin j'arrive à sa hauteur, il s'évapore.

— D'où, le "Charles, reste !"…

— Absolument.

— Mince, qu'est-ce que ça peut bien vouloir dire ? Je vais regarder sur Internet.

— Ne fais pas ça maintenant, il est bien trop tard ! Ou plutôt, il est trop tôt. Il faut que tu dormes.

— Mais j'aimerais tellement t'aider !

— C'est de l'histoire ancienne, tout ça. Ne t'en fais pas pour moi et laissons Charles où il est. Maintenant, au lit !

— Je sais, j'ai trouvé, Mamie !

— Oh, toi, tu as une idée derrière la tête…

— On doit retrouver Charles ! »

Catherine

Il est 5 heures et je ne dors déjà plus. Depuis plusieurs semaines, je rêve que Pierre et moi faisons l'amour. C'est une sensation délicieuse et je voudrais bien me rendormir pour m'y replonger, mais je me sens coupable. À mes côtés, Patrice ronfle paisiblement. Il est loin de se douter que son épouse chérie le trompe inconsciemment toutes les nuits. Quand il nous arrive encore de faire l'amour, c'est à Pierre que je pense. J'ai honte et je me sens dégueulasse. Je suis complètement perdue, sans personne à qui demander de l'aide. Ma gorge se noue et mes larmes montent. Je ne les retiens pas, elles roulent sur mon visage, baignent mon oreiller. Comment me sortir de cette situation ? Est-ce qu'il faut tout avouer à Patrice ? Admettre que mon amour pour lui s'étiole telle une peau de chagrin et que je suis à deux doigts de tout foutre en l'air parce qu'un petit jeune me fait du charme ? Suis-je vraiment amoureuse d'un autre ? Dois-je mettre les choses au clair avec Pierre pour connaître ses intentions et savoir si un avenir est possible entre nous ?

Je suis larguée. J'ai cinquante-cinq ans et je ne sais plus qui je suis ni ce que je veux vraiment. Et les enfants… Justine et Antoine sont grands, désormais, mais pourront-ils seulement comprendre ? Si je ne suis plus amoureuse de mon mari, j'éprouve encore de l'affection pour lui, je ne veux pas lui faire du mal… En réalité, je ne veux faire de mal à personne, mais qui se préoccupe de moi ? Qui se demande si j'ai mal, moi ? Cela fait des semaines que je souffre dans mon coin. Je suis malheureuse comme les pierres. On n'a qu'une vie et je suis en train de passer à côté de la mienne parce que je n'ai pas le courage d'assumer mes sentiments, parce que je suis lâche. Je me déteste.

5

Liliane

À mes côtés, Justine a fini par se rendormir. J'ai bien cru qu'elle n'y parviendrait jamais. Si je l'avais écoutée, nous serions encore sur Internet en train d'essayer de retrouver Charles. Mais il était vraiment tard. Justine montrait des signes de fatigue et lorsque je lui ai dit qu'il s'appelait Charles Bernard, cela a été le coup de grâce : avec un nom de famille pareil, autant chercher une aiguille dans une botte de foin.

Avant d'épouser Francis, j'ai pensé mille fois à partir à sa recherche. Un Charles Bernard violoniste, ça ne doit pas courir les rues. À l'époque, les moyens de communication n'étaient pas aussi sophistiqués, et surtout, je m'étais convaincue que s'il n'était pas revenu me chercher, c'était parce qu'il avait trouvé une autre femme à qui faire la sérénade. Je l'ai tellement haï de m'avoir abandonnée. Il m'avait promis pourtant, et il avait l'air sincère, désemparé autant que moi par cette séparation prétendument éphémère. Pourquoi n'était-il jamais revenu ? Pourquoi ? Je me suis posé cette question tant de fois qu'il n'a jamais totalement quitté mes pensées. Même le jour de mon mariage avec Francis, au moment d'échanger nos vœux, c'est le beau visage de Charles qui m'est apparu à la place du sien. J'étais en larmes. L'assistance a cru que j'étais émue par ce moment solennel, mais en réalité ce n'étaient pas des larmes de joie, j'étais triste car je continuais à rêver de devenir madame Bernard. Je n'étais pas en train d'épouser celui que j'aimais toujours, l'homme de ma vie, celui que j'avais choisi, j'épousais un homme qu'on avait choisi pour moi. Oh, mon Francis, je m'excuse. Si tu es là quelque part, je te demande pardon. Peut-être aurais-je été plus aimante si tu avais été lui ? J'ai fait de mon mieux pour te rendre heureux. Toi aussi, tu as fait de ton mieux, mon cher Francis. Mais tu n'étais pas lui et ce n'était pas ta faute.

La tristesse m'envahit et, pour la première fois depuis longtemps, je pleure toutes les larmes de mon corps, avant de tomber d'épuisement.

Justine

Quand j'ouvre les yeux, il me faut un moment pour comprendre où je suis. La pièce est plongée dans le noir, je n'ai aucun repère. Je suis encore toute retournée par ce rêve étrange que j'ai fait.

Apprivoisant peu à peu l'obscurité, je devine que Mamie dort paisiblement à mes côtés, la bouche entrouverte. Mince alors, ce n'était donc pas un rêve ? Cette nuit, c'est bien tout un pan de sa vie, ignoré de tous, qu'elle m'a confié. J'ai du mal à réaliser que

Mamie ait pu vivre si longtemps avec un tel secret… Je dois retrouver cet homme. Charles doit avoir dans les quatre-vingts ans, il y a donc une chance qu'il soit encore en vie. Pourvu qu'il soit encore vivant… J'aimerais tellement que Mamie retrouve son premier amour, qu'elle ait enfin les réponses à ses questions. Il le faut ! J'en fais une affaire personnelle.

En attrapant mon téléphone, je m'aperçois que j'ai oublié de programmer le réveil. Misère, je vais être en retard à la fac ! Cela suffit à me mettre de mauvaise humeur. Je saute du lit, réveillant Mamie au passage.

« Qu'est-ce qui te prend, Justine ?

— Tous les vieux se lèvent à l'aube, sauf toi !

— Ohé ! Du calme, jeune fille ! D'abord, on dit "bonjour" lorsqu'on est bien élevé. Ensuite, on ne met pas tout le monde dans le même panier : je ne suis pas comme "tous les vieux" ! Et d'ailleurs, je ne suis pas si vieille que ça, marmonne-t-elle en se levant. Je te rappelle simplement qu'on a passé une grande partie de la nuit à bavarder.

— C'est vrai ! D'ailleurs, c'était génial, Mamie chérie, dis-je, radoucie, en l'embrassant sur le front avant de filer sous la douche. Je te pique la salle de bains. Tu n'y vois pas d'inconvénient, j'espère ?

— Tu as bien de la chance, je n'ai pas grand-chose à faire ce matin… »

Pendant que je suis sous l'eau chaude, j'entends Mamie s'approcher.

« Tu viens avec moi à la fac ? J'ai un cours en amphi, ce matin. Ensuite, on pourrait aller à la bibliothèque et faire nos recherches.

— Nos recherches ? me demande ma grand-mère, incrédule.

— Tu as déjà oublié ? Alzheimer te guette ou quoi ?

— Hé ! Si tu t'es levée du mauvais pied, retourne te coucher !

— Je te charrie, Mamie. Mais juste au cas où la maladie te guetterait vraiment, aurais-tu oublié que nous devons retrouver Charles, le grand amour de tes dix-sept ans ? »

Mamie sursaute comme si les murs avaient des oreilles, comme si quelqu'un pouvait entendre cette révélation.

« Alors, tu viens avec moi à la fac ?

— Non, Justine, je n'ai rien à faire sur les bancs de l'école. Ce n'est plus de mon âge, fait-elle tristement.

— Bah… tu disais à l'instant que tu n'étais pas si vieille. Il faudrait savoir !

— Bouhhh, tu m'agaces. Je vais sortir Milou, dit-elle en enfilant une doudoune par-dessus sa robe de chambre et un bonnet sur la tête. Tu as intérêt à être partie lorsque je serai de retour. Tu as ton jeu de clés ?

— Affirmatif ! dis-je en faisant un salut militaire avec le pommeau de douche.

— Est-ce que tu reviens ce soir ?

— J'y compte bien ! Avec ma mission, tu risques de m'avoir sur le dos pour un petit bout de temps.

— Grand bien te fasse ! Allez, bonne journée ! Sois sage !

— Je t'aime, Mamie. Je t'aime fort, fort, fort ! »

La porte claque. Il faut que je me grouille, je suis vraiment à la bourre.

Catherine

Ma nuit blanche s'est éternisée et, au moment où le sommeil se pointe enfin, il faut que je me lève… Tel un zombie, je m'extrais du lit. Patrice ronfle encore. Comment fait-il ? Il a un sommeil que rien ne semble perturber. Moi, j'ai mal partout. J'ai des courbatures dans les jambes comme si mes ébats amoureux imaginaires avaient réellement eu lieu. Ragaillardie à l'idée de revoir Pierre, je trouve un peu d'énergie pour me faire jolie : une douche rapide, quelques touches de maquillage et une bonne dose d'anticerne. J'enfile des collants, ma petite robe noire cintrée et ma veste rouge. C'est sans doute un peu trop habillé pour l'assistante commerciale que je suis, mais qu'importe, l'apparence est importante dans mon métier. Surtout avec toutes ces midinettes qui investissent les différents services de la boîte.

« Eh beh ! Pour qui tu te fais belle comme ça ? demande Patrice qui débarque dans la salle de bains, me faisant sursauter.

— Pour personne, enfin ! Quelle question ! »

Je sens le rouge empourprer mes joues, heureusement que l'anticerne masque ces petites rougeurs, témoins de ma culpabilité.

« Pour personne, hein… et tu ne me fais même pas de bisou ? dit-il en s'approchant de moi la bouche en cœur.

— Euh… Sans vouloir te vexer, tu ne sens pas très bon…

— Mouais… Toujours une excuse, marmonne-t-il en se glissant sous la douche.

— Je file ! Bonne journée, Patrice, je vais être en retard.

— C'est ça… Bonne journée. »

J'enfile mes bottes, mon manteau, et je quitte la maison en coup de vent. Pas la peine de petit-déjeuner, Pierre apporte systématiquement quelque chose à grignoter.

Les quarante-cinq minutes de transport pour rejoindre le bureau me semblent une éternité et le livre dans lequel j'essaie de me plonger ne parvient pas à capter mon attention. Je dois me rendre à l'évidence, Pierre est ma principale motivation pour me rendre au travail. Chaque matin, on se retrouve à la machine à café et, dès que possible dans le courant de la journée, on s'octroie des pauses, on échange quelques mails. Rien de compromettant, mais assez pour me chambouler. Voilà plusieurs mois qu'un petit jeu s'est instauré entre nous, et même si tout ça reste platonique, je ne sais plus trop où j'en suis.

J'ai hâte de le revoir. Il était aux sports d'hiver avec des copains, il a sûrement pris quelques couleurs. Avec ses cheveux cendrés, il doit avoir une mine superbe. Pierre a quarante-cinq ans, soit dix ans de moins que moi. Il est divorcé et il a un fils de treize ans que j'ai quasiment vu naître. Il est *consultant au support bureautique*. Autrement dit, employé au service informatique. La première fois qu'il est venu dépanner mon poste de travail, je l'ai à peine regardé. Il m'a confié plus tard que je lui avais paru hautaine. Ayant toujours été nulle en informatique, j'ai eu affaire à lui régulièrement, et nous nous sommes mis à discuter de tout et de rien. Au fil du temps, je suis devenue sa confidente. Il me parlait de l'organisation de son mariage, de l'arrivée de son fils quelques mois plus tard, puis des premières discordes, des soupçons qu'il avait envers sa femme, de son infidélité, puis du divorce devenu inévitable. Bref, j'ai été la grande sœur qu'il aurait voulu avoir, toujours disposée à l'écouter, à lui tendre la main, à lui prêter mon épaule. Mais aujourd'hui, cette histoire de grande sœur commence à me courir sur le haricot. Sait-il seulement à quel point il me perturbe ?

Liliane

« Grouille, mon chien ! »

Il faut qu'on se dépêche. Avec un peu de chance, j'arriverai à temps pour lui apporter des croissants. La boulangerie ne se trouve qu'à quelques pas de la maison. À cette heure, les viennoiseries seront toutes chaudes. Justine les adore. Vite ! Vite !

Certes, je lui ai dit que je ne voulais pas la retrouver chez moi à mon retour, mais je ne le pensais pas. Je joue les dures à cuire mais j'adore l'avoir dans les jambes, ma Justine. Je partage davantage avec elle qu'avec sa mère. Je n'en reviens pas de lui avoir révélé mon vieux secret. Il faut que je me prépare à l'idée d'avoir des nouvelles de Charles, parce qu'elle ne s'avouera pas vaincue. Soixante ans après, c'est ridicule, non ?

Perdue dans mes pensées, je franchis les portes de la boulangerie dans laquelle quelques clients font la queue. À leur façon de se dandiner sur place, je devine qu'ils sont pressés. Comme moi, mais sûrement pas pour les mêmes motifs.

« Bonjour, Liliane. Vous êtes bien matinale, ce matin.

— Bonjour, Simone. Ma petite-fille est à la maison, je voudrais lui apporter le petit déjeuner avant qu'elle ne parte à l'école.

— Qu'est-ce que je vous sers ?

— Un croissant, une chocolatine et un pain aux raisins. Oh ! et puis deux de chaque ! Weight Watchers attendra demain, dis-je à voix basse.

— Je mets aussi une baguette ? Cela vous évitera de revenir plus tard.

— Bonne idée. Mais vite, mon petit, elle risque de filer avant mon retour.

— Et voilà… » dit-elle en me donnant la marchandise.

Je lui tends mon billet, elle me rend la monnaie et je me dépêche de repartir dans l'autre sens. Jamais la promenade de Milou n'aura été aussi rapide ! Il me regarde en biais lorsque nous nous retrouvons déjà devant la porte d'entrée.

« Désolée, mon chien. C'était bref, je sais. On ressortira plus tard, promis ! »

En ouvrant la porte, je constate avec bonheur que les chaussures de Justine sont toujours là. Je tombe nez à nez avec elle, prête à partir.

« Ah, Mamie ! Tu es déjà de retour ?

— Non, non, c'est mon fantôme, dis-je, ironique, en lui mettant le sachet de viennoiseries sous le nez. Tiens, c'est pour toi. Tu n'allais pas partir le ventre vide, quand même ! Ta grand-mère est un amour, n'est-ce pas ? Vas-y, admets-le !

— Carrément ! Merci, Mamie. Hmmm, ils sont encore chauds, fait-elle en mordant dans un croissant.

— Dis, Justine, tu es vraiment en retard ?

— Si je me dépêche, ça devrait le faire. Pourquoi ?

— Après réflexion, je viendrais bien à l'école avec toi. Toute cette jeunesse réunie au même endroit, cela m'intrigue. Alors, si tu es toujours partante pour que ta vieille grand-mère t'accompagne…

— Tu as cinq minutes pour te changer ! Top chrono ! » lance Justine en attaquant une chocolatine.

6

Catherine

Pierre n'est pas encore arrivé. Je trépigne à la fois d'impatience et d'appréhension. Généralement, il m'envoie un petit SMS pour me proposer de le retrouver à la machine à café. Dans le reflet de mon ordinateur, je vérifie mon allure. Le mouvement n'échappe pas à Nathalie, ma collègue.

« Tu en fais, des grimaces, devant ton ordi. Il n'est pas encore arrivé ?

— De qui parles-tu ?

— Du pape, tiens ! Pierre, qui d'autre ? Tu sais, ici, ça jase pas mal. Tout le monde sait…

— Sait quoi ? l'interrompé-je.

— Bah… que vous êtes ensemble !

— N'importe quoi ! On est juste amis. Je te rappelle que je suis mariée. »

Nathalie me dévisage.

« Catherine, dit-elle en s'assurant qu'aucune oreille ne traîne. On se connaît depuis longtemps et je t'apprécie beaucoup, mais arrête de te voiler la face, veux-tu ? Tu es raide dingue de lui, ça crève les yeux. Et je peux t'assurer que c'est réciproque.

— Qu'est-ce que tu en sais, d'abord ?

— Je le sens, c'est tout. Alors, ne te cache pas derrière ton petit doigt. Tu es mariée, OK, mais laisse sortir cette gamine enfermée à l'intérieur de toi, lance-t-elle en posant son index pile sur mon cœur. Fais-moi plaisir, ou plutôt, fais-toi plaisir ! Tu mérites d'être heureuse, Cath… »

Ses paroles me font l'effet d'un coup de poing. Je ne peux plus dire un mot, une boule s'est formée dans ma gorge. Les larmes que je tente de refouler derrière mes paupières menacent de foutre en l'air mon maquillage, quand mon téléphone émet un bip discret.

« Voilà, le pape est arrivé, devine-t-elle. File ! Si le boss débarque, je lui dis que tu as la courante. »

Un rire nerveux jaillit de ma bouche. J'imagine la tête de mon chef si Nathalie lui annonçait une chose pareille !

Je me dirige à toute allure vers la machine à café. Celle-ci est située dans une pièce rikiki et isolée, souvent déserte. Dans le couloir, je reconnais le parfum de Pierre qui a dû me précéder quelques secondes plus tôt. En effet, il est là, accoudé à un guéridon. Même de dos, je le trouve canon. Je ralentis le pas et j'inspire profondément. Mon rythme cardiaque s'accélère toujours en sa présence, mais ce matin, c'est encore pire. Avec une désinvolture feinte, je lui fais doucement : « Salut ! »

Il se retourne et m'inspecte de la tête aux pieds. J'ai été bien inspirée de mettre ces talons aiguilles, ils me font de jolies jambes. Enfermées dans un placard de mon bureau, ces chaussures ne me servent qu'en cas de stricte nécessité.

« Hé, salut, toi, lance-t-il en me claquant quatre bises appuyées. Tu vas bien ? Tu as les yeux qui brillent. Tu as pleuré ?

— Je viens de me prendre le bec avec Nathalie, rien de grave, ne t'inquiète pas.

— Tu es sûre ? Sinon je file lui dire deux mots... J'interdis à qui que ce soit de te faire du mal, tu le sais bien.

— Ce n'est rien, je t'assure, tout va bien. Je suis contente de te voir, dis-je pour changer de sujet.

— Moi aussi. »

Il me regarde droit dans les yeux. Je fais volte-face vers la machine à café pour ne pas défaillir. En essayant de cacher que je tremble comme une feuille, j'introduis quelques pièces dans le distributeur et sélectionne un café sans sucre pour lui, puis un café très sucré pour moi.

« Au fait, bonne année de vive voix ! » dis-je en revenant près de lui avec les gobelets.

Comme des millions de gens, on s'est envoyé un message pour le Jour de l'an. Mais à part ça, pas de nouvelles pendant dix jours. Je le trouve resplendissant avec son teint hâlé. Exactement comme je l'imaginais.

« Oui, merci ! Que cette nouvelle année nous réserve son lot de surprises en tout genre, ajoute-t-il en levant son gobelet comme pour trinquer. J'ai apporté des chouquettes pour fêter ça. Sers-toi ! »

Une aubaine, ces chouquettes : la bouche pleine, j'ai une excuse en or pour ne pas discuter. Je me sens si gênée que je ne sais même pas quoi dire… Mais bon sang, que m'arrive-t-il ? Je lui demande quand même :

« Alors, raconte : comment s'est passée ta semaine ?

— C'était sympa.

— *Sympa*, c'est tout ? La neige était bonne ? Tu as bien profité ? Il y avait des… filles ? »

Depuis son divorce, je m'évertue à vouloir qu'il se case. Même si mon cœur se serre à cette idée, j'ai toujours souhaité qu'il trouve quelqu'un. Puisque je ne suis pas censée l'aimer… En même temps, j'aurais tellement peur de perdre notre complicité.

« Un seul être vous manque et tout est dépeuplé, tu le sais bien, répond-il.

— Ah… » murmuré-je, totalement paniquée.

Est-ce qu'il parle de moi ? Son regard me transperce. C'est le moment de fuir ou d'assumer.

« Attends, tu as du sucre, juste là… »

D'un geste délicat, il essuie un grain de sucre qui s'est collé à mon gloss, à la commissure des lèvres. Ce doigt qui glisse sur ma peau me fait l'effet d'une véritable caresse. Je fais un effort prodigieux pour me retenir d'attraper sa main et d'embrasser ses doigts qui me frôlent. J'ai envie de lui, tout de suite, là, comme dans mes rêves…

Nous prononçons nos prénoms en même temps.

« Cathy…

— Pierre…

— Toi d'abord ! Je t'en prie.

— Non, toi...

— Il faut que je t'avoue un truc », murmure-t-il en me regardant droit dans les yeux.

Mon cœur bat à tout rompre. Mes jambes tremblent. Des frissons parcourent chaque centimètre de mon corps. Qu'a-t-il à me dire ? J'ai la trouille.

C'est ce moment suspendu que choisit un petit groupe pour nous rejoindre dans la pièce. Comme pris en flagrant délit, Pierre et moi tressaillons. Il avale son breuvage d'un trait, jette son gobelet et me propose discrètement, avant de disparaître :

« On déjeune ensemble, Cathy ?

— Euh, oui, si tu veux... »

Quel coup de stress ! J'en ai mal au ventre. À moins que ce ne soit ce café immonde. Avant de remonter à mon poste, je fais un crochet par les toilettes : je pourrai toujours dire à mon chef que j'ai eu « la courante ».

Justine

Je suis hyper-fière de me promener avec Mamie dans les couloirs de la fac. Personne n'a l'air surpris. Je lui ai présenté rapidement mes copains, mais comme on était juste à l'heure, on n'a pas vraiment pu discuter. Après le cours de droit privé, on a assisté au cours de droit public. Le prof a totalement buggé quand son regard est tombé par hasard sur ma grand-mère, mais, voyant qu'elle buvait ses paroles, il n'a pas cherché à comprendre les raisons de sa présence dans un amphithéâtre où la moyenne d'âge se situe entre vingt et vingt-cinq ans.

Il est midi et Mamie s'apprête à découvrir ce qui constitue le repas d'un étudiant. Cela ne va pas être triste, je vous le dis.

En comprenant qu'il nous faudra patienter dans une file d'attente interminable pour manger de la saucisse avec des frites dans une assiette en plastique, elle s'indigne :

« Tout ça pour ça ? C'est hors de question ! Allons manger au restaurant, je t'invite.

— On peut passer devant tout le monde, si tu le souhaites : tu es prioritaire, Mamie…

— Même pas en rêve ! Là n'est pas la question. J'ai l'estomac fragile, à mon âge. Regarde cette huile, ils ne doivent pas la changer souvent. Et puis j'ai déjà des aigreurs à cause des viennoiseries. Allez, viens, sortons d'ici !

— Comme tu voudras. Attends-moi deux secondes, je vais prévenir mes copains. Tu ne bouges pas, hein ? »

Liliane

Les enseignements de la fac sont bien, mais question gastronomie, ça laisse à désirer. Je préfère emmener Justine au restaurant. N'importe quel plat sera meilleur que ce qu'ils proposent ici. Tiens, mais n'est-ce pas Benjamin qui discute avec une jeune femme près de la sortie ?

Je m'approche un peu, incognito, désobéissant à ma

petite-fille qui m'a ordonné de ne pas bouger. C'est bien lui, un peu trop proche à mon goût d'une autre que celle qu'il prétend aimer. Décidément, ce garçon n'a rien pour que je le porte dans mon cœur.

« Bonjour, Benjamin. »

Profondément concentré sur le décolleté de son interlocutrice, il ne se retourne pas. J'insiste :

« Bonjour, Benjamin ! »

Enfin, il daigne détourner le regard.

« Mamie Liliane ! Que faites-vous ici ? s'exclame-t-il, surpris.

— J'y vais. Tiens, voici mon numéro, lance la jeune femme au décolleté en griffonnant quelque chose à l'intérieur de la main de Benjamin. Tu m'appelles ?

— Euh… bah… bredouille Benjamin qui devient rouge pivoine en découvrant le 06 de la fille dans sa paume. Ce n'est pas ce que vous croyez, Mamie Li, tente-t-il d'expliquer.

— Je vous interdis de m'appeler Mamie Li ! Il n'y a que les membres de ma famille qui m'appellent comme cela et vous n'en faites pas encore partie, que je sache.

— Je cherchais Justine, elle ne répond pas à mes SMS et je voudrais lui parler. Vous savez où je peux la trouver ?

— Écoutez, jeune homme, je ne sais pas ce que vous avez fait à ma petite-fille, mais je ne crois pas me tromper en vous disant qu'elle est en colère contre vous. Il est certain que vous ne la rendez pas heureuse. Laissez-la tranquille ! Allez donc importuner cette autre jeune femme qui vient de vous laisser son numéro.

— Mais…

— Franchement, Benjamin, vous me décevez. Et n'insistez pas. Lorsque Justine l'aura décidé, elle vous contactera.

— Vous ne lui direz rien, hein ? À propos de… demande-t-il en montrant sa main.

— Comptez sur moi, je ne vous ai pas vu. Pour moi, vous n'existez pas, de toute façon. Allez, ouste ! »

Benjamin s'en va, la queue entre les jambes et un numéro dans le creux de la main. Décidément, ma petite-fille mérite mieux que lui. S'il l'aimait vraiment, il m'aurait envoyée paître pour partir à la rencontre de sa dulcinée. Au lieu de cela…

« Mamie ! Mais qu'est-ce que tu fais là, je te cherchais partout.

— Désolée, j'avais besoin d'air, je me suis juste approchée de la sortie. Ça empeste, ici.

— C'est sûrement la friture.

— Sûrement… »

7

Catherine

« On déjeune à la cantine, tu viens avec nous, Cath ? propose Nathalie.

— Euh non… je suis… prise.

— OK, j'ai pigé. C'est le pape ?

— Roooh, arrête avec ça, s'il te plaît. Je n'ai pas envie que les rumeurs s'intensifient. Je te l'ai dit : Pierre et moi sommes juste amis.

— Qu'est-ce qui se passe ? Tu es toute pâle. On dirait que tu transpires.

— Oui, je ne sais pas ce que j'ai. Je ne suis pas au meilleur de ma forme. J'ai mal à l'estomac, je couve sûrement quelque chose.

— Rentre chez toi, si ça ne va pas. C'est calme, aujourd'hui. Les gens sont occupés à éplucher leurs mails.

— Non, je ne peux pas faire ça. C'est juste un coup de mou. En mangeant un truc, ça devrait passer.

— OK, fais comme tu le sens. Bon app' ! Et n'oublie pas la petite fille qui sommeille en toi… » lance-t-elle avec un clin d'œil complice.

Nathalie me saoule avec ses sous-entendus.

Mon portable vibre. Quand on parle du loup… C'est un texto de Pierre :

> On se rejoint à la brasserie habituelle.
> J'y serai dans cinq minutes.

La froideur du message m'inquiète. En même temps, il ne va pas m'écrire des mots d'amour par SMS. Il ne peut pas. On ne doit pas. On est « amis », pas amants.

Je me hâte de le retrouver, partagée, comme d'habitude, entre l'envie de le rejoindre et celle de prendre mes jambes à mon cou. Ces rendez-vous commencent à me mettre mal à l'aise.

Je franchis le seuil de la brasserie. Mon regard balaie la salle pour m'assurer qu'aucun collègue ne s'y trouve. La voie est libre, je me détends un peu. J'aperçois Pierre, le nez dans le menu. Deux kirs ont été déposés sur notre table. Ils sont offerts aux habitués.

« Salut ! dis-je en lui faisant la bise.

— Bah, on s'est déjà vus ce matin.

— Ah oui, c'est vrai.

— Enfin, cela ne me dérange pas, bien au contraire. Tu peux m'embrasser autant que tu veux, s'empresse-t-il d'ajouter. Tout s'est bien passé ce matin ? Ça s'est arrangé avec Nathalie ?

— Avec Nathalie ? Ah oui… Je t'ai dit que ce n'était rien. Et toi ? Pas trop dur après une semaine de vacances ?

— Ça va. On fait toujours la même chose, alors… Aucune surprise, ni bonne, ni mauvaise. »

Un silence s'installe. Quelque chose a changé dans son attitude, je n'arrive pas à savoir quoi. Je le trouve différent par rapport à ce matin, un brin anxieux. Et s'il avait rencontré quelqu'un ? Il faut que j'arrête de me faire des films. J'ose :

« Tu voulais me parler, je crois…

— Toi aussi, me semble-t-il.

— Oui, c'est vrai. Mais c'est délicat. Je préfère écouter d'abord ce que tu as à me dire. »

On se tait un moment, sans se quitter du regard. Jamais ses yeux ne m'ont semblé aussi verts. Sous la table, même si nos genoux ne se touchent pas, je devine la chaleur de ses jambes contre les miennes. Je suis troublée. J'ai de nouveau mal au ventre, ou au cœur peut-être, je ne saurais situer la douleur. Comment faire pour que tout cela cesse ?

Nous sommes interrompus par la serveuse qui vient prendre notre commande avec entrain :

« Bonjour ! En plat du jour, je vous propose poulet basquaise ou entrecôte-frites. Qu'est-ce qui vous ferait plaisir ?

— Poulet basquaise, répondons-nous en chœur.

— Vous l'avez dit en même temps ! Ça porte bonheur, vous devriez faire un vœu », dit-elle, avant de tourner les talons.

Pierre et moi piquons un fard. J'ignore s'il a fait un vœu, mais moi, oui : celui d'avoir le courage de lui avouer mes sentiments. Maintenant. Je me lance :

« Pierre, puisque tu n'arrives pas à me parler, je vais commencer.

— Avec plaisir. J'ai hâte de savoir ce qui te préoccupe.

— Je crois… qu'il va falloir qu'on arrête de se voir.

— Mais pourquoi ? demande-t-il, subitement inquiet. Est-ce que j'ai fait quelque chose de mal ?

— Tu n'as rien fait de mal, au contraire. Tu es tellement attentionné avec moi. Toujours gentil, toujours galant. C'est adorable, mais cela devient compliqué pour moi. Pierre, je ne sais plus où j'en suis… »

Sur la table, sa main approche dangereusement de la mienne. J'enchaîne :

« Pierre, je crois que c'est évident, mes sentiments pour toi ont évolué. Je crains d'être tombée amoureuse de toi. Mais je n'en ai pas le droit. Je suis mariée.

— Je le sais et c'est bien ce qui me désole. Ton mari, quel veinard ! »

Son sens de l'humour parvient à me faire sourire malgré les larmes qui inondent mes joues sans que je puisse les retenir.

« Ne pleure pas, s'il te plaît. Te voir comme ça me déchire le cœur. Si tu savais à quel point j'ai envie de te serrer dans mes bras, là, tout de suite.

— Arrête de me dire des gentillesses ! Tu ne voudrais pas te comporter plutôt comme un salaud ? Ça m'aiderait à te détester. »

Il pose sa main sur la mienne. Nos doigts s'enlacent et se délacent. C'est tellement sensuel. Ce simple geste provoque un tas d'émotions oubliées.

« Cathy, je ne veux pas qu'on cesse de se voir, je ne le supporterais pas. Si tu savais comme tu m'as manqué, cette semaine. »

Je rougis. Quel plaisir d'entendre ces paroles ! Ses yeux me dévorent et c'est une délicieuse sensation que de se sentir si séduisante aux yeux de celui qu'on aime. S'il savait à quel point il m'a manqué, lui aussi. J'avais beau être en famille, je n'ai fait que penser à lui.

« Et donc… comment fait-on ? demande-t-il doucement.

— Je n'en ai pas la moindre idée. Laisse-moi un peu de temps. Tu veux bien ?

— Prends tout le temps qu'il faudra. Je serai patient. »

Il se lève et, sans que je l'anticipe, il se penche vers moi pour déposer du bout des lèvres un baiser sur ma bouche. Surprise par ce geste inattendu, je reste immobile, comme pétrifiée. Alors qu'il me regarde d'un air béat, je ne rêve que d'une chose, me jeter à son cou pour l'embrasser passionnément. Heureusement, c'est le moment que choisit la serveuse pour apporter nos plats.

« Madame, monsieur, vos poulets sont servis ! Vous faudra-t-il autre chose ? Un peu de vin, peut-être ?

— Oui, avec plaisir. Un côtes-de-bourg sera parfait. Deux verres, s'il vous plaît.

— Je vous apporte ça tout de suite, dit-elle en s'éclipsant.

— Tu bois à l'heure du déjeuner, maintenant ? lui demandé-je.

— J'ai besoin d'un petit remontant, répond-il en souriant.

— Et toi, alors ? Que voulais-tu me dire ?

— Euh… C'est délicat, aussi…

— On n'est plus à ça près. Après ma confidence, tu auras du mal à me battre, dis-je pour l'encourager.

— Tu es sûre, hein ? Parce que c'est un peu plus hard, ou hot. Il ne faudra pas m'en vouloir, je ne suis qu'un homme…

— Allez ! Ne te fais pas prier.

— Bon ! Tu l'auras voulu. En fait… voilà : je n'arrête pas de rêver qu'on fait l'amour, chuchote-t-il avec une grimace embarrassée.

— Ah, en effet, c'est très délicat… » dis-je en rougissant de plus belle.

L'anticerne doit être complètement inefficace, à présent. Je me garde bien de lui avouer que je fais le même rêve que lui, toutes les nuits, depuis des semaines.

Justine

Mamie et moi déjeunons dans une brasserie située près de la fac. Je n'ai pas vraiment faim, après les trois viennoiseries du petit déjeuner et le croissant que j'ai englouti entre les deux cours. Pour ne pas trop en rajouter question calories, je choisis une bavette saignante avec des haricots verts. Quant à Mamie, elle a jeté son dévolu sur des lasagnes accompagnées d'une salade verte. Je crois qu'elle a définitivement fait une croix sur son régime Weight Watchers. Son verre de vin rouge me le confirme.

Mamie a l'air fatiguée et soucieuse, elle n'est pas très bavarde. C'est sans doute normal après la nuit que nous avons passée. Aussi, pour engager la conversation, je lui dévoile ma stratégie pour retrouver Charles.

« Dans un premier temps, on va faire des recherches

sur Internet. Dès cet après-midi, je publierai un post sur les réseaux sociaux, Facebook et Twitter, avec les hashtags qui conviennent. Tout sera *shareable*.

— Je ne comprends rien à ce que tu dis. Quel rapport avec La Poste ? *Chérébel*, ça veut dire quoi ? » proteste-t-elle en me regardant avec de grands yeux.

J'avais oublié que ma grand-mère a près de quatre-vingts piges et que, malgré tous ses efforts pour paraître une mamie moderne, elle accuse un gros retard en matière de nouvelles technologies ! C'est Maman qui gère sa paperasse dès que les démarches administratives requièrent des compétences informatiques. Elle est anti-réseaux et affirme toujours que « trop de communication tue la communication ». Je vais devoir faire preuve de patience si je ne veux pas la brusquer.

« OK, je t'explique : un post, c'est une publication, c'est-à-dire une information. Regarde, ça c'est ma page Facebook, dis-je en lui montrant mon smartphone. Tu vois… Là, ce sont des publications de mes amis. Selon leur intérêt, les amis peuvent réagir en *likant*, en commentant ou carrément en partageant. *Shareable* signifie qu'on peut partager. De cette façon, leurs amis verront à leur tour ces posts. C'est un peu comme si tu lançais une boule de neige en haut d'une montagne et qu'elle finissait par se transformer en une énorme avalanche. Tu touches plus de monde. Tu comprends ?

— À peu près, répond-elle sans enthousiasme.

— Un hashtag, c'est un mot-clé. Pour retrouver ton Charles, je vais utiliser des mots comme *avis de recherche*, *violon*, *famille* ou *années soixante*, afin de mieux cibler la recherche. Je compte aussi envoyer un message privé à tous les Bernard.

— Mais des Bernard, il doit y en avoir des milliers !

— C'est clair, il y en a des tas, mais je ne lâcherai pas l'affaire. Inutile d'être défaitiste ou pessimiste ! Je t'ai dit qu'on le retrouverait.

— Mais à quoi bon le retrouver maintenant ?

— Comment ça ? Tu n'aimerais pas savoir pourquoi il n'est pas revenu comme il te l'avait promis ?

— Si, si ! Mais cela ne changera plus rien.

— Ohé, qu'est-ce qui t'arrive ? Il y a à peine une heure, tu étais pleine d'entrain. Allô, Houston ! Rendez-moi ma grand-mère ! »

Liliane

Justine est un vrai moulin à paroles. J'ai un coup de mou, je l'avoue. En réalité, je me fiche pas mal qu'elle retrouve Charles ou non. Il appartient à mon passé, que pourrait-il m'apporter désormais ? Je n'ai plus rien à attendre de lui. Ma vie est derrière moi, à présent. Et même si je n'ai pas fait ma vie avec lui, je n'ai pas été malheureuse. Ces rêves où il apparaît finiront bien par cesser à un moment ou à un autre. Le retrouver n'y changera pas grand-chose.

Alors qu'elle me parle en charabia, moi, je m'en veux. Je l'écoute à peine et je culpabilise. Devrais-je lui dire que Benjamin la cherche ? Qu'il est venu à la fac ? Après tout, qui suis-je pour le juger ? Si ça se trouve, il est vraiment amoureux d'elle. Et moi qui l'ai incité à aller voir ailleurs… Je n'aurais pas dû interférer dans leur histoire.

« Allô, Houston ! Rendez-moi ma grand-mère ! s'exclame-t-elle.

— Je suis là, ma chérie, un peu perdue dans mes pensées, mais je t'écoute.

— Bah, on ne dirait pas. Et tu penses à quoi, au juste ? »

Est-ce que je lui dis ou pas ? Vérité, mensonge ou omission ? Je préfère passer mon tour :

« Oh, rien de spécial…

— Mamie, on ne va pas recommencer avec les cachotteries. Je veux que tu me dises tout ce qui te passe par la tête, c'est important pour notre enquête.

— Ma petite-fille, je crois que tu prends cette affaire bien trop au sérieux. Et sinon, est-ce que Benjamin t'a donné de ses nouvelles ? hasardé-je, mine de rien.

— J'ai reçu des SMS auxquels je n'ai pas envie de répondre. J'ai décidé de le faire mariner un peu. J'ai besoin d'avoir des preuves qu'il tient vraiment à moi, que je ne suis pas juste un objet qu'il peut utiliser quand il le décide. Je rêve de magie, de fantaisie… Je ne sais pas, quoi, on est déjà dans une routine à la con alors qu'on ne vit même pas ensemble ! lâche-t-elle, énervée.

— Justine…

— Mamie, laisse-moi m'exprimer ! Ne fais pas comme Maman, s'il te plaît. Elle ne m'écoute jamais. »

Le serveur nous interrompt un instant et annonce, en déposant nos plats sur la table :

« Les lasagnes, c'était pour vous, madame. Et la bavette avec des frites pour la demoiselle.

— Euh… J'avais demandé des haricots verts, râle Justine.

— Ah, pardon. Je vous apporte les haricots tout de suite. Je vous laisse quand même les frites ?

— Bah oui, maintenant qu'elles sont là… répond-elle avec gourmandise. Et si vous pouviez apporter de la mayonnaise et du ketchup, ce serait super cool.

— Bien sûr. Je reviens immédiatement.

— Je vous remercie.

— Eh bien, pour quelqu'un qui voulait manger "léger", tu ne te laisses pas abattre. Bon appétit !

— Merci ! À toi aussi, bon app' Mamie. Hmmm… Tu devrais goûter les frites, elles sont délicieuses. Et ne me parle pas de Weight Watchers, tu as passé l'âge de faire des régimes. Profite ! »

À l'aide de ma fourchette, je pique quelques frites dans l'assiette de Justine. C'est vrai qu'elles sont exquises.

Catherine

Quand je rentre au bureau, Nathalie me dévisage d'un œil espiègle et me sourit d'un air entendu. Qu'est-ce qu'elle s'imagine ? Que je me suis envoyée en l'air entre midi et deux ? Franchement… ce n'est pas mon genre. Jamais je n'ai trompé mon mari. C'est même la toute première fois que je me laisse aller à éprouver des sentiments pour un autre. Et pour l'instant, rien n'est fait. Je n'ai pas encore fauté.

À mon réveil, ce matin, j'ignorais tout de la tournure

qu'allait prendre cette journée. Je n'avais rien programmé. C'est quand je l'ai vu que j'ai compris que je pourrais déraper. Et j'en meurs d'envie. Mais je ne peux pas. Ou je ne veux pas. La nuance est infime. En tout cas, j'ai paniqué, et j'ai pensé qu'en lui disant qu'il valait mieux cesser de se voir, j'arriverais peut-être à retrouver mes esprits et à m'éloigner du danger. Mais Pierre ne l'entend pas ainsi. Nathalie a sans doute raison. Même s'il ne me l'a pas dit en ces termes, il m'aime. Qu'est-ce que je m'imaginais, au juste ? Qu'après cette déclaration, il prendrait peur et s'en irait en courant ? Une femme de dix ans de plus, oh, mon Dieu, sauve qui peut ! Eh bien, non. Pierre est bel et bien là et il a la ferme intention de rester. Il n'est pas pressé. Il a compris que je n'étais pas prête, pas encore...

J'ai bien senti qu'il avait eu envie de m'embrasser en me quittant, après le déjeuner. Moi aussi, j'en crevais d'envie. J'ai même fermé les yeux un instant en espérant secrètement qu'il me vole un baiser. Mais non, rien. Peut-être aurais-je dû l'y inviter ? Mais cela l'aurait incité à en vouloir plus. Peut-être... Je suis tellement paradoxale. Je m'épuise. Et j'ai toujours mal au ventre.

8

Justine

Mamie ignore que j'ai l'intention de sécher mes cours cet après-midi. Ce n'est pas raisonnable avec les partiels qui approchent, mais franchement, je n'ai aucune envie de travailler. Même si je le voulais, je ne parviendrais pas à me concentrer. Ces retrouvailles m'obsèdent.

Après le repas, on s'est installées toutes les deux à la bibliothèque universitaire. Pendant qu'elle piquait du nez dans un fauteuil, j'ai effectué mes premières recherches. Malheureusement, je n'ai rien trouvé sur Internet, et Mamie avait raison sur un point : il y a des tas de Charles Bernard sur les réseaux sociaux, la plupart en mode « privé » : difficile de deviner qui se cache derrière leurs photos. J'ai quand même lancé sans plus attendre les publications sur mes différents réseaux. Tant pis si Mamie ne les a pas validées.

Sur Facebook, j'ai posté :

« AVIS DE RECHERCHE !

Merci de partager SVP. Je suis à la recherche de Charles Bernard, violoniste dans les années 1960. Il a quitté la région toulousaine en 1958 pour se rendre à Paris. N'hésitez pas à questionner vos anciens. Il a 80 ans. Si vous le connaissez ou pensez l'avoir connu, merci de m'écrire en MP. »

Sur Twitter, j'ai posté le même texte, à peu de chose près. Bien sûr, j'ai ajouté un tas de hashtags : *#avisderecherche #violoniste #charlesbernard #toulouse #annees60*, et tous ceux que l'espace disponible m'a permis de lister. Je sais que certains tweets font le tour du monde, pourquoi pas le mien ? S'il fait déjà le tour de France, ce sera pas mal.

Après réflexion, je n'ai pas trouvé opportun de communiquer sur Instagram. Ce réseau est davantage destiné à l'image, aux photos. Mamie n'a pas de cliché de Charles et même si elle en avait eu un, personne n'aurait lu le message écrit dessous, ce n'est pas spécialement vendeur, le portrait d'un inconnu en noir et blanc avec un violon… Tant pis, on verra bien comment les gens réagissent sur les autres réseaux.

En tout cas, avec cette histoire, j'ai décidé de rester quelques jours chez ma grand-mère. Son état m'inquiète un peu, elle me paraît soudain fragile. J'ai le sentiment qu'elle a besoin de moi, que je suis utile auprès d'elle. Et puis, de cette façon, je pourrai la tenir informée au fur et à mesure de l'avancée de mes recherches.

J'envoie un SMS à Maman pour la prévenir :

> Hello Maman, ça va ? Ça t'embête si je reste dormir chez Mamie ? Je passerai chercher quelques fringues après les cours.

La réponse est immédiate :

Non, pas du tout. Elle va bien au moins ?

Oui ! RAS. Et toi, ça va ?

RAS. Bisous.

Voilà, comme d'habitude, de quoi je dois me contenter avec Maman.

Catherine

Justine ne rentrera pas à la maison ce soir, elle dort chez ma mère. Elles sont inséparables, ces deux-là. Parfois, je jalouse cette relation privilégiée qu'elles entretiennent. Je me sens exclue de leur complicité.

Maman et moi n'avons jamais été très proches. Bien qu'elle ait toujours été une mère présente, il n'y a jamais eu de grands moments d'effusion entre nous. Je m'entendais mieux avec Papa, quand il était encore de ce monde. Avec Maman, les relations ont toujours été plus distantes, plus compliquées. Elle m'a élevée à la dure. C'est sans doute aussi pour cette raison que j'ai du mal à laisser libre cours à mes envies. J'ai été conditionnée à être une « bonne petite », toujours dans le droit chemin. Ma mère s'exprime peu. Nous n'échangeons que sur le strict nécessaire. Cela dit, je lui ressemble assez et j'ai sans doute reproduit le même schéma avec ma propre fille.

Je comptais sur Justine pour préparer le dîner, ce soir. Je suis à court d'idées. Même si Patrice n'est pas difficile, je ne sais plus quoi cuisiner. Quant à Antoine, soit il mange pour quatre, soit il n'est pas là. Et Pierre, qu'a-t-il prévu pour son dîner ? Je pourrais peut-être lui envoyer un SMS.

Liliane

Quand j'ouvre les yeux, je constate que les étudiants présents autour de moi ont tous le sourire aux lèvres. À voir leur tête, j'ai probablement ronflé. Justine est plongée dans la consultation d'un ordinateur en libre-service, mis à disposition à quelques mètres de là. Elle aurait dû me réveiller, la bourrique.

Je jette un œil à ma montre et constate qu'il est 17 heures passées. J'ai fait une sieste de plus de deux heures, mon Dieu ! Moi qui ne dors jamais l'après-midi. Je vais avoir un mal fou à m'endormir, ce soir. Tu m'étonnes que j'aie dû ronfler comme un tracteur. Je suis même surprise que personne ne soit venu tapoter sur mon épaule pendant mon sommeil. Le ridicule ne tue pas.

Je me lève, un peu chancelante, et me place juste derrière Justine qui ne m'entend pas venir.

« Qu'est-ce que tu fais ? »

Elle bondit sur son siège, manquant de peu de me donner un coup de tête dans le menton.

« Mamie, tu m'as fichu une de ces trouilles !

— Pardon, ce n'était pas mon intention. Mais dis-moi, tu ne devrais pas être en cours ?

— J'y suis allée, ne t'en fais pas, et j'ai eu le temps de revenir. Tu dormais si bien que tu ne t'es même pas aperçue que j'étais partie, ment-elle effrontément.

— Mais bien sûr ! Tu sais, c'est vilain de se moquer de sa grand-mère.

— Bon, tu as raison. Mais ce cours est sans intérêt. Je te promets que je n'ai rien perdu. Par contre, de ce côté-là, ça bouge grave ! ajoute-t-elle, enthousiaste, en me montrant l'écran de l'ordinateur.

— À quel niveau ?

— Regarde un peu : mes publications ont déjà été partagées 94 fois sur Facebook et 66 fois sur Twitter. C'est incroyable ! Prépare-toi à avoir des nouvelles de ton premier amour, Mamie ! Certains Bernard ont même déjà répondu.

— Bonté divine ! Si j'avais eu cet outil en 1958, on n'en serait pas là aujourd'hui.

— Et moi non plus, je ne serais pas là, répond Justine. Parce que tu aurais sûrement fait ta vie avec Charles, et pas avec Papi Francis, que Maman ne serait pas née, et ainsi de suite. Je trouve tout ça tellement excitant, s'écrie-t-elle sans maîtriser son volume sonore qui va crescendo.

— Chuuuut… font les voisins studieux.

— Oh, pardon ! » s'excuse Justine.

Justine

Je suis survoltée ! J'ai déjà reçu quelques réponses à mes messages. Bien sûr, dans le lot, il y a un certain nombre de déchets. Certains n'hésitent pas à se faire passer pour un membre de la famille Bernard et en profitent pour me draguer. C'est pathétique, mais je ne suis pas née de la dernière pluie. Cela dit, un message privé retient déjà toute mon attention : « Bonjour, je m'appelle Léo Bernard. Mon grand-père avait un frère qui se prénommait Charles. Je ne sais pas grand-chose de lui mais je vais me renseigner. Je reviens vers vous dès que possible. »

« Regarde, Mamie ! On a une piste, dis-je en lui montrant le message.

— Avec un nom pareil, cela m'étonnerait.

— Léo Bernard ? Je ne vois pas ce qui te gêne.

— Ça ressemble à Herbert Léonard.

— Et qui est Herbert Léonard ?

— Un chanteur des années quatre-vingt… *Pour le plaisiiiiiiiir… Regarder une fille dans la rue et se dire qu'elle est beeeeelle…* chante-t-elle dans la médiathèque, suscitant l'exaspération du public.

— Sérieux ? Il y a vraiment un gars qui chante ce genre de choses ?

— Si je te le dis ! Regarde sur ton Internet si tu veux en avoir la certitude. C'était de la grande chanson française, comparé à ce que vous écoutez aujourd'hui. »

Par curiosité, juste pour voir à quoi il ressemble, je tape le nom de l'artiste sur YouTube. Sa trombine apparaît ainsi que ses différents titres, dont celui que chantait Mamie.

« Je te crois sur parole, Mamie, mais cela ne fait pas de Léo Bernard un imposteur. C'est juste une piste.

J'ignore pourquoi, mais j'ai un bon pressentiment. Il faut juste que nous soyons patientes.

— Est-ce que tu as d'autres cours, ce soir ? me demande Mamie.

— Non, c'est tout pour aujourd'hui, nous allons pouvoir rentrer.

— Tu reviens chez moi ? s'étonne-t-elle.

— Oui ! Il faut juste que je passe chercher quelques affaires à la maison.

— Dans ce cas, dépêchons-nous, je crains que mon vieux Milou ne puisse plus se retenir. »

Le message met un peu de temps pour atteindre mes neurones. À vrai dire, j'avais compris « minou » avant de saisir qu'elle parlait de son chien. Je préfère ça !

9

Justine

J'ai passé la semaine chez Mamie, je suis crevée. Comme elle rêve de Charles toutes les nuits, j'ai dormi à ses côtés avec l'espoir qu'elle parle pendant son sommeil et que je puisse l'interroger le moment venu. Mais c'est toujours lorsque je m'assoupis qu'elle s'exprime en dormant.

Je prends cette histoire très au sérieux, un peu trop sans doute. J'ai complètement raté mes premiers partiels. Je n'arrive plus à me connecter à la réalité, à me concentrer, tant je suis obnubilée par cette *love affair* entre Charles et Mamie. C'est tellement romantique ! Et ça me permet d'oublier la mienne. Les SMS de Benjamin se font plus rares. Il faut dire que je lui réponds vaguement et reste distante. Étrangement, il ne me manque pas. Pour être honnête, je ne sais plus très bien où j'en suis. Quelque chose me dit qu'il n'est pas l'homme qu'il me faut. Il y a sans doute un « Charles » qui m'attend quelque part.

Chez Mamie, je me sens comme dans un cocon. Elle écoute régulièrement de la musique classique et je comprends mieux à présent pourquoi elle a une si grande affinité avec ce style musical. Pour ce qui est de mes recherches, nous en sommes au point mort. Les partages sur mes publications ont cessé aussi vite qu'ils ont démarré, et la seule piste intéressante est restée sans réponse. Il va me falloir trouver autre chose ou bien abandonner.

Je suis en cours, le dernier de la semaine. Le professeur d'économie ne cesse de parler en gesticulant, mais c'est comme si la bande sonore avait été coupée, je n'entends rien. Machinalement, je consulte mon smartphone. Tiens, une notification m'indique l'arrivée d'un nouveau message. Son expéditeur : Léo Bernard.

Mon cœur fait un bond dans ma poitrine. Je n'y croyais plus. C'est en tremblant que je découvre ces quelques lignes :

« Bonjour Justine,

Tout d'abord, je vous prie de m'excuser si j'ai tardé à vous répondre. Il m'a fallu plusieurs jours pour rassembler quelques informations. J'ai une bonne et une mauvaise nouvelle. La bonne, c'est que Charles Bernard est bien un membre de ma famille. Pour être honnête, je ne l'ai rencontré qu'une seule fois, mais j'étais trop petit pour m'en souvenir. Il s'était un peu isolé, ne vivait plus en France depuis plusieurs années. La mauvaise nouvelle, vous l'avez peut-être deviné, c'est que mon grand-oncle Charles est décédé. Je suis navré. J'imagine votre déception. J'ignore si vos investigations vont s'arrêter là, mais votre démarche m'intrigue. Sachez que je me tiens à votre entière disposition pour en discuter de vive voix. »

Le message se termine avec son numéro de téléphone ; je peux le contacter si je le souhaite. Inutile de vous dire que cette nouvelle me fait l'effet d'un coup de couteau en plein cœur. Je me mets à pleurer comme une madeleine. Au premier rang, ce n'est pas très malin… Le prof, croisant mon regard fontaine, s'approche et m'adresse quelques mots avec un air bienveillant. Je n'ai toujours pas le son, mais je décrypte sur ses lèvres : « Ça ne va pas, mademoiselle Fortin ? » Je fais signe que non d'un mouvement de tête, rassemble mes affaires à la hâte et quitte la classe en courant, sous les regards ébahis de mes camarades.

Catherine

Je déteste le vendredi car je sais que je ne verrai pas Pierre du week-end. Toutes ces heures passées loin de lui, à faire semblant que tout va bien à la maison… Aujourd'hui, cette séparation me semble plus douloureuse que jamais. Depuis lundi, notre relation a franchi un cap. Jusque-là, si la tendresse et l'affection que l'on éprouvait l'un pour l'autre se devinaient à travers nos mots et nos regards, il y avait peu de contacts physiques entre nous. On ne se touchait que pour se faire la bise. Désormais, le contact physique est devenu incontournable, indispensable, primordial. Comme si nous étions aimantés par une force invisible. Lorsqu'il me dit bonjour, le matin, ses lèvres frôlent systématiquement les miennes. Ses mains dérapent sur mes hanches, nos jambes se touchent presque. Le soir, avant de partir, il s'arrange pour passer me saluer dans mon bureau, et m'embrasse à nouveau. Sur les joues, toujours, mais ses baisers se posent de plus en plus près de la commissure de mes lèvres. Combien de temps vais-je pouvoir tenir ainsi ? Je brûle d'envie qu'il m'attire contre lui et me serre dans ses bras, qu'il arrache mes vêtements pour mettre à nu mon corps qui le désire, qu'il dévore chaque partie de mon anatomie jusqu'aux endroits les plus intimes, qu'il…

« Ohé ! Cath, j'y vais ! Bon week-end ! s'exclame Nathalie qui m'interrompt en pleine rêverie.

— Hein ? Quoi ?

— Je rentre. Je te souhaite un bon week-end. Mais tu étais où, encore ? demande-t-elle avec un sourire coquin.

— Nulle part… dis-je, sentant la chaleur parcourir mon corps. Bon week-end à toi aussi. »

Mon Dieu, comme j'ai chaud ! Depuis que Pierre sait ce que j'éprouve, je me mets dans des états improbables rien qu'en pensant à lui. Et voilà que je fais des rêves érotiques tout éveillée, maintenant… D'aussi loin que je me rappelle, jamais je n'ai ressenti ça avec Patrice. Oh, Patrice… Je suis sincèrement désolée. Je me déteste. Je n'ai pas envie de te trahir. Mais ne suis-je pas déjà en train de le faire en désirant Pierre avec autant d'exaltation ?

Mon téléphone fixe sonne. Je reconnais le numéro de Pierre et m'empresse de décrocher :

« Allô !

— Tu es encore là ?

— Oui, mais plus pour longtemps.

— Tu es seule ?

— Oui.

— Ne bouge pas, j'arrive, lance-t-il avant de raccrocher.

— Tes désirs sont des ordres », chuchoté-je dans le combiné sans qu'il m'entende.

Son bureau est situé sur le trottoir d'en face, dans un autre bâtiment. J'ai juste le temps de me repoudrer le nez, de mettre du gloss et me vaporiser quelques gouttes de parfum. Tout ça l'air de rien, il ne faudrait pas qu'il croie que je me suis préparée.

J'éteins mon ordinateur et j'attends. Je trépigne d'impatience. On dirait que mon cœur va sortir de ma poitrine tant j'appréhende son arrivée. Que va-t-il se passer ?

Il est plus de 18 heures, il ne faut pas que je tarde. Quoique… Patrice rentre rarement avant 20 heures, Antoine sort souvent avec ses copains le vendredi soir, quant à Justine, elle va sans doute rester chez ma mère pour le week-end. Elle va bientôt emménager chez elle, si ça continue. Remarque, je préfère la savoir en sécurité avec ma mère plutôt qu'avec « son » Benjamin.

Justine

Je file me rafraîchir aux toilettes. Une fille que je n'ai jamais vue dans l'établissement surgit de nulle part et se plante à côté de moi pendant que je m'asperge le visage. Elle a les cheveux très longs et blonds, le teint pâle et les yeux clairs. Ses vêtements sont d'une époque que je ne saurais situer. Elle me tend de quoi m'essuyer.

« Salut ! Pourquoi tu pleures ? Je peux t'aider ? » me demande-t-elle.

J'ai envie de lui répondre « De quoi j'me mêle ? » mais je me surprends à lui dire calmement :

« J'étais à la recherche du premier amour de ma grand-mère. Je viens d'apprendre qu'il est mort.

— Mais enfin, Justine, la mort n'existe pas ! déclare-t-elle le plus sérieusement du monde. Tu peux te connecter à cette personne, si tu le souhaites. »

J'explose d'un rire nerveux. La fille reste calme et grave. Comment connaît-elle mon prénom, d'abord ? Elle me tend une carte de visite et ajoute :

« Tu peux contacter cette femme, si tu veux. C'est la mère d'une de mes amies, elle établira la connexion.

— Elle établira la connexion ? Mais qui est-elle, au juste, une sorte de voyante ?

— Elle est médium.

— C'est pareil, non ?

— Pas tout à fait. Une voyante prédit l'avenir. Un médium se connecte avec les défunts. »

Se moquerait-elle de moi, derrière son petit sourire angélique ? Comme si j'étais du genre à faire appel à un médium…

« Contacte-la de ma part.

— De ta part ? Je ne connais pas ton prénom.

— T'inquiète, elle saura. »

Sur ce, elle me regarde avec bienveillance, tourne les talons et quitte la pièce sans que j'aie le temps de la retenir. Appeler quelqu'un de la part d'une personne dont j'ignore même le prénom… on nage en plein délire. Lorsque j'ouvre la porte pour la rattraper, je ne la vois nulle part. Dans les couloirs, des étudiants vont et viennent en discutant joyeusement. Le week-end est proche et les uns évoquent leur planning de révisions tandis que les autres s'échangent les bons plans des soirées à ne pas manquer. Moi, je vais devoir annoncer à Mamie que son premier amour, l'homme qui hante ses nuits, est mort et enterré. Une colère sourde m'envahit. Pourquoi Mamie ne m'a-t-elle pas raconté cette histoire plus tôt ? Si seulement elle l'avait fait.

Liliane

Quelle semaine ! Un vrai tourbillon. Lundi, j'étais à la faculté avec Justine, mardi, je suis allée à mon cours de yoga hebdomadaire, mercredi, c'est le jour du marché, jeudi, j'ai joué aux cartes avec ma copine Augustine, et aujourd'hui, j'ai cuisiné. Avec Justine qui a passé toutes ses nuits à mes côtés.

Je fais toujours ce rêve, impossible de m'en défaire. Il y a le train, Charles qui me regarde et me fait signe de le suivre ; il monte à bord et disparaît. Systématiquement, j'essaie en vain de le retenir et je me réveille essoufflée comme si j'avais couru un cent mètres. Ça fait des nuits courtes et mouvementées et je suis de plus en plus fatiguée.

Les recherches de Justine n'ont pas donné grand-chose. Son enthousiasme du début est retombé tel un soufflé. Il me semblait pourtant que Charles était issu d'une famille nombreuse. Il m'avait parlé d'un frère et de trois sœurs, si mes souvenirs sont bons, mais cela remonte à bien longtemps. Si ça se trouve, tout ce petit monde n'est plus.

Je décide de passer un coup de fil à Catherine. On ne s'est pas téléphoné depuis dimanche. Elle a dû quitter le travail à cette heure-ci, je ne la dérangerai pas.

Je compose son numéro.

« Allô ! Maman ? répond-elle à la deuxième sonnerie.

— Bonjour, Catherine, comment vas-tu ? Tu n'appelles jamais ta pauvre mère.

— Maman, je sais que tu vas bien, Justine me donne de tes nouvelles régulièrement.

— Oui, mais ce n'est pas pareil si c'est toi qui m'appelles !

— C'est parce que... je suis très occupée en ce moment.

— Comme d'habitude...

— Je suis encore au travail, Maman. Dis-moi ce que je peux faire pour toi.

— Rien, je voulais juste entendre ta voix, m'assurer que tout allait bien. »

Au fond, j'aime ma fille, bien que je sois incapable de le lui dire simplement. Je ne sais pas lui parler autrement que sur le ton de la provocation, du reproche... J'ignore pourquoi c'est si difficile pour moi d'exprimer ce que je ressens. Quand je m'en irai, elle ignorera qu'elle aura été le soleil de ma vie.

« Je vais bien, merci, mais je dois te laisser, quelqu'un m'attend dans mon bureau. Viens déjeuner à la maison dimanche, si tu veux.

— Et mon régime ?

— Arrête un peu avec ton régime ! Je dois y aller. Je te rappelle. Au revoir, Maman. »

Catherine a raccroché. Elle est toujours pressée, expéditive. À chaque fois, elle dit qu'elle me rappellera mais elle ne le fait presque jamais. Moi qui espérais me sentir mieux après cet appel… c'est raté.

Catherine

Ma mère ! Elle a toujours le chic pour appeler au mauvais moment… Pierre vient d'entrer dans mon bureau. Il a entendu la fin de notre conversation et ne cesse de me regarder avec gourmandise. Il s'approche :

« Ouf, tu es encore là. Je dois te faire une confidence…

— Je suis tout ouïe.

— Je hais les week-ends. Ne pas te voir durant plus de quarante-huit heures, c'est un vrai supplice. »

S'il savait à quel point je partage son point de vue.

« Qu'as-tu prévu ? dis-je pour faire diversion et masquer ma gêne.

— J'ai mon fils. Je ne sais pas trop ce qu'on va faire… Un ciné, peut-être. On va sûrement jouer à la console ou mater une série.

— Je vois. Des trucs de bonshommes, en somme. Profite de lui ! Les enfants grandissent trop vite. Tu verras, on en reparlera dans quelques années. On se voit lundi, nous ? »

Alors que j'essaie de rester imperturbable, je vois

bien que Pierre, perdu dans ses pensées, est entièrement absorbé par ma bouche, comme hypnotisé. Pas sûre qu'il entende un seul mot de ce qui en sort… Après un silence, il prononce mon prénom dans un souffle :

« Catherine…

— Oui, Pierre…

— Non, rien.

— Je déteste quand tu fais ça… Que veux-tu me dire ?

— Je t'ai dit que je serais patient, mais…

— Chut… N'en dis pas plus, s'il te plaît », chuchoté-je en posant mon doigt sur sa bouche.

Ce simple contact m'électrise. Je voudrais qu'il embrasse mon index, qui reste inutilement scotché à ses lèvres, qu'il le mordille, qu'il le lèche… Mes pensées s'enflamment à nouveau.

« Mmmm… bredouille-t-il, tentant de s'exprimer.

— Pardon ! dis-je en retirant brusquement mon doigt.

— J'ai l'impression que je te fais de l'effet…

— Cela se voit tant que ça ?

— Je vais m'autoriser un truc. J'espère que tu ne m'en voudras pas. »

Avant même que je me rende compte de quoi que ce soit, il me saisit la taille et colle ses lèvres contre les miennes. Surprise, je ferme les yeux pour profiter de cet instant volé. Sa langue se fraye un chemin dans ma bouche et s'emballe délicatement. Je le laisse faire. Ce n'était pas prévu… Mais ce n'est pas ma faute, il m'a eue par surprise. Une nuée de papillons explose dans mon ventre.

Ce baiser dure une éternité. Je n'ai plus aucune notion du temps ni de l'espace. Qu'importe que nous soyons dans mon bureau, qu'à tout moment quelqu'un puisse nous surprendre, que je sois mariée (à un autre homme que celui qui m'étreint passionnément). J'ai l'impression d'avoir quinze ans et d'être embrassée pour la première fois de ma vie. J'avais oublié combien c'était délicieusement merveilleux.

10

Justine

J'ai quitté la fac et flâné dans les rues, préférant rentrer à pied plutôt qu'en bus. Même si les jours tendent à rallonger, il fait déjà nuit depuis un moment.

J'ai reçu des textos inquiets de mes copines, Léa et Cassandra, qui n'ont pas compris pourquoi j'avais quitté le cours sur les chapeaux de roues. Elles pensent que c'est à cause de Benjamin. Pas du tout ! Il est en train de sortir gentiment de ma vie. Le lien qui nous unissait me paraît tout à coup bien fragile. S'il devait monter dans un train, j'en serais même particulièrement soulagée. Avec l'histoire de Mamie, j'ai compris qu'il n'était pas celui que je croyais. De toute la semaine, à part quelques SMS insignifiants, il n'a pas cherché à me voir. Il sait pourtant où me trouver la journée et où je dors la nuit. Mais non… rien ! Je me laisse encore quelques jours de réflexion, mais je crois que ma décision est prise : je vais le quitter incessamment. Je dois juste trouver le moment propice.

Pour la énième fois, je relis le message de Léo Bernard. Je finis par composer son numéro, sans trop savoir ce que je vais bien pouvoir lui raconter s'il décroche. Le hasard fait bien les choses, je tombe directement sur sa messagerie. C'est plus simple pour un premier contact. Cela me rassure de parler à son répondeur. *«Salut, c'est Léo, je ne suis pas dispo. Laissez votre message, je vous rappellerai.»* Il a une belle voix. Je ne saurais dire quel âge a cet homme.

Sur un ton un peu hésitant, je lui laisse un message: *«Bonjour, c'est Justine. Je vous remercie de m'avoir transmis votre numéro. Comme vous l'avez si gentiment proposé, j'aimerais vous parler au sujet de Charles. Je vous appelle de mon portable perso, n'hésitez pas à me recontacter quand vous aurez quelques minutes. Merci d'avance.»*

Je n'ai pas le temps de remettre mon téléphone dans ma poche que la sonnerie retentit déjà. C'est un numéro inconnu, ça doit être lui qui me rappelle.

«Allô! dis-je en décrochant.

— Bonjour. Vous venez de me téléphoner. Vous êtes?

— Vous êtes bien Léo Bernard?

— Lui-même!

— C'est Justine Fortin. Je viens de laisser un message sur votre répondeur.

— Je me doutais que c'était vous. Pour être honnête, je n'écoute jamais mes messages. Je sais que ce n'est pas bien, mais... Euh, vous allez bien? Pardon... J'imagine qu'avec ce que je vous ai annoncé, vous ne devez pas être au meilleur de votre forme.

— En effet, je ne me sens pas terrible. J'espérais tellement que Charles serait vivant.

— Est-ce que je peux vous demander pourquoi vous le cherchez ?

— C'est un peu personnel. Ma grand-mère ne serait pas contente que je vous en parle… Promettez-moi de ne rien dire à votre famille, d'accord ?

— C'est promis, Justine.

— Charles était le premier amour de ma grand-mère. Depuis quelques semaines, elle n'arrête pas de rêver de lui et…

— C'est bizarre, ça… me coupe-t-il.

— Pourquoi ?

— D'après mon père, Charles est mort il y a peu de temps, début décembre.

— Oui… bon… c'est une simple coïncidence.

— Peut-être, mais c'est tout de même étrange. Et donc ?

— Et donc… c'est tout. Ma grand-mère m'a juste parlé de cette histoire. Elle m'a appris qu'il était monté passer une audition à Paris en mai 1958 – il était violoniste à l'époque –, et qu'il lui avait promis de revenir la chercher. Mais elle ne l'a plus jamais revu.

— Ah… Il paraît qu'il vivait en Autriche ; il est décédé là-bas.

— En Autriche ?

— Oui, à Vienne, il me semble. Franchement, je n'en sais pas plus. Mais je peux me renseigner. Justine, vous permettez que je vous pose une question ?

— Euh… oui, je vous en prie.

— D'où m'appelez-vous ?

— Je vis à Toulouse. Et vous ?

— Je suis à Paris.

— Ah… ce n'est pas la porte à côté…

— Pourquoi, vous vouliez qu'on se rencontre ? dit-il en riant.

— Ça m'a échappé… Désolée.

— J'ai une autre question indiscrète…

— Dites toujours.

— Vous avez quel âge, Justine ?

— Ah oui, c'est très indiscret ! Mais puisque vous êtes loin, je vais vous répondre. J'ai vingt-deux ans. »

Je l'entends pouffer de rire. Je ne vois pas ce qu'il y a de si drôle.

« Moi, vingt-sept. On a presque le même âge. Ça vous ennuie si on se tutoie ?

— Pas du tout. Je préfère aussi.

— Bon, voilà ce qu'on va faire. Je vais essayer de dégoter toutes les infos que je peux sur Charles. Déjà, je sais que c'est le frère de mon grand-père paternel, André. C'est la raison pour laquelle on a le même nom de famille. Avec un peu de chance, mon père pourra m'en dire un peu plus. En gros, tu veux savoir ce qu'il a fait de 1958 à maintenant, c'est bien ça ?

— En gros, oui.

— Je te rappelle. Promis. On fait comme ça ?

— D'accord. Merci beaucoup. Je doute fort que cela change grand-chose puisqu'il est mort mais, si je peux fournir quelques explications à ma grand-mère, ça l'aidera peut-être.

— Ça marche ! Au fait, je suis enchanté de te connaître. »

Cette fois, c'est moi qui éclate de rire. Pour ma part,

« enchantée » n'est pas tout à fait le terme que j'utiliserais. Mais ce garçon n'a pas l'air désagréable.

« Moi aussi, je suis ravie. Bon week-end.

— Merci. À bientôt. »

Je raccroche avec une impression mitigée. Triste et curieuse à la fois, j'ai hâte que Léo me donne de ses nouvelles. Je veux dire des nouvelles de Charles. Oh, le lapsus.

Je regarde bêtement mon portable lorsque je reçois une notification Facebook. C'est une nouvelle demande d'ami : Léo Bernard. Chouette, je vais pouvoir découvrir qui il est.

Liliane

Justine n'est pas encore rentrée. Elle a peut-être décidé de passer un moment avec ses amis. Après tout, c'est de son âge. Elle est adorable de tenir compagnie à sa grand-mère esseulée, mais sa place n'est pas à mes côtés. Sans compter que je ronfle. Je cause la nuit et peste le jour… Son Benjamin est peut-être allé l'attendre à la sortie des cours. Bientôt 19 heures, je vais manger un bout. Ensuite, j'irai sortir Milou avant de me coucher avec un bon livre.

Le chien me regarde d'un drôle d'air, comme s'il pouvait deviner mes pensées.

« Eh oui, il semblerait que nous soyons seuls, ce… »

Je n'ai pas le temps de finir ma phrase qu'on frappe doucement à la porte. Une clé tourne dans la serrure. Milou fonce dans l'entrée en aboyant.

« Coucou ! C'est moi, annonce Justine. Salut, Milou. Quel accueil !

— Ah, tu es là ? m'exclamé-je, heureuse de la retrouver.

— Bah, pourquoi pas ? répond-elle en déposant une bise sur ma joue. Ça va, Mamie ?

— Oui, et toi ? On est vendredi, tu ne sors pas avec tes amis ?

— Non, je préfère rester avec toi.

— C'est très gentil. Tu peux inviter tes amis ici, si tu le souhaites.

— Oh non, j'ai envie d'être tranquille. J'ai eu une semaine difficile. Mamie, il faut que je te dise quelque chose.

— Que se passe-t-il, ma chérie ? Tu m'inquiètes tout à coup. Est-ce que tu as pleuré ? Tes yeux...

— Tu devrais t'asseoir, Mamie.

— Est-ce si grave que cela ?

— C'est Charles...

— Il est mort ? C'est ça ? » demandé-je sans émotion.

Justine acquiesce tristement d'un signe de tête.

« Je suis désolée, Mamie.

— Justine, ce n'est pas grave, tu sais. Je me suis passée de lui toute ma vie. Je n'avais plus pensé à lui depuis des décennies... avant qu'il vienne hanter mes rêves. Pour moi, il est mort depuis très longtemps, tu sais. Cette nouvelle ne me fait ni chaud ni froid. »

Je file dans la cuisine pour masquer mon trouble : contrairement à ce que je veux laisser croire à ma petite-fille, l'annonce de la mort de Charles est loin de me laisser indifférente. Peut-être m'étais-je mise malgré moi à espérer des retrouvailles ?

Catherine

Pierre a proposé de me déposer à quelques rues de chez moi mais j'ai refusé. Une voiture, c'est l'endroit du crime par excellence, et je suis déjà dans tous mes états depuis son baiser. C'était magique. Exactement comme je l'avais imaginé maintes fois en pensant à lui.

J'ai quitté le bureau complètement chamboulée. J'ai même pris le bus dans le mauvais sens, c'est dire ! Et comme j'ai mis un temps fou à m'en rendre compte, me voilà beaucoup plus tard que prévu à la maison.

La voiture de Patrice est garée dans l'allée. Mince, il est déjà là. Comment vais-je justifier mon retard ?

Lorsque j'entre dans la maison, je trouve ses chaussures abandonnées sur le tapis de l'entrée. Exaspérée, je les prends et les jette dans le placard, pestant contre lui et les hommes en général qui ne rangent jamais leurs affaires… Pierre est-il ordonné, lui ? Je n'en sais rien. Je ne connais pas grand-chose de lui, finalement. Je ne sais même pas comment c'est chez lui, j'ai juste vu quelques photos, rapidement. Perdue dans mes pensées, je n'entends pas Patrice arriver dans mon dos.

« Ah, tu es là ? demande-t-il.

— Oh, tu m'as fait peur ! m'exclamé-je en sursautant.

— Comment se fait-il que tu rentres si tard un vendredi ?

— Désolée… J'aurais dû te prévenir. On a bu un verre pour fêter la nouvelle année.

— Chez nous aussi, il y avait un pot, mais je ne suis pas resté. J'étais pressé de te retrouver. Ça te dit de sortir ? Ça fait une éternité qu'on n'est pas allés au resto tous les deux. Je ne sais même pas à quand remonte la dernière fois.

— Au resto ? »

L'idée de me retrouver en tête à tête avec mon époux ne m'enchante pas vraiment. Je n'avais jamais eu aucun secret pour lui… En me laissant embrasser par un autre homme, je viens officiellement d'entrer en zone de mensonges et de non-dits. J'en mourais d'envie depuis si longtemps…

Habituellement, Patrice lit en moi comme dans un livre ouvert, je suis surprise qu'il ne m'ait pas déjà balancé : « Je sais tout, Catherine. Je te connais, tu ne m'aimes plus, je le vois bien. Il y a quelqu'un d'autre… »

« Alors, ça te dit ? insiste-t-il.

— Euh… Pour être honnête, je suis un peu fatiguée. On n'a qu'à regarder un film en VOD et se faire livrer du japonais, non ?

— La dernière fois, j'ai été malade.

— Ah oui… Bon… ben, si tu y tiens…

— Allez, remets ton manteau ! Ce soir, madame Fortin, nous sortons !

— Laisse-moi au moins me changer, dis-je pour gagner du temps.

— Ce n'est pas la peine, tu es très bien comme ça. Et qu'est-ce que tu sens bon ! » lance-t-il en déposant un bisou sur ma joue.

Je sens poindre la culpabilité en pensant que c'est pour Pierre que je me suis reparfumée avant qu'il n'arrive dans mon bureau.

« OK, allons-y, dis-je en essayant de cacher mon manque d'enthousiasme.

— Où sont mes chaussures ? Je les avais laissées là », dit-il en montrant le tapis.

Je ne réponds pas. Il sait parfaitement que c'est moi qui les ai rangées. Elles ne se déplacent pas toutes seules, que je sache. Agacée, j'ouvre le placard. La montagne de chaussures empilées dégringole comme un château de cartes. Je soupire.

Justine

Elle a beau me dire qu'elle s'en fiche, je vois bien que Mamie est touchée. Je la suis dans sa cuisine d'où s'échappe un délicieux fumet. Cette odeur, je la reconnaîtrais entre mille : c'est son fameux hachis Parmentier. Mamie ouvre la porte du four pour vérifier la cuisson, se prenant au passage la vapeur en plein visage.

« Mamie, tu as fait du hachis ? demandé-je, enthousiaste.

— Oui, je sais que tu aimes ça.

— Oh oui, c'est mon plat préféré !

— C'est presque prêt, on va pouvoir passer à table. Alors, raconte… Qu'as-tu appris au sujet de Charles ?

— Léo Bernard est son petit-neveu. Son grand-père, André, est le frère de Charles. Tu l'as connu ?

— J'aurais été bien incapable de me souvenir de ce détail. Sa famille était loin, à l'époque, il ne la voyait pas. Sais-tu s'il a été marié, s'il a eu des enfants ?

— Aucune idée, mais je peux interroger Léo, dis-je en me précipitant sur le téléphone pour lui envoyer un message.

— Non, non, surtout pas !

— Trop tard. C'est en cours…

— Nom d'une pipe ! Ces nouvelles technologies sont plus rapides que l'éclair », se désole-t-elle.

Un peu plus tôt, j'ai accepté son invitation Facebook. Je cherchais justement un prétexte pour lui écrire, je l'ai !

Déjà moi ! Dsl de te déranger. Ma grand-mère demande si Charles a eu des enfants. S'il était marié ??

Salut ! Tu ne me déranges pas. Alors, tu lui as dit ? Elle le prend comment ?

Elle me dit qu'elle s'en fiche, mais je n'y crois pas. Et donc, il avait fondé une famille ?

Je dirais que non, mais en réalité, je n'en suis pas certain. J'interroge mon père. Je l'appelle tt de suite et je te dis ça.

Ce n'est pas à la minute, hein…

Si, si ! J'y tiens ! En plus, je n'ai rien à faire ce soir.

Ces échanges anodins me font très plaisir. Allez savoir pourquoi… Ma grand-mère semble attendre une réponse. Moi, je ne sais plus trop quelle était la question. Ah si : Charles était-il marié et a-t-il eu des enfants ?

« Alors ?

— Il ne sait pas, Mamie.

— Comment ça ? Il ne sait pas si son grand-oncle était marié ? Bigre ! Comment est-ce possible ? Ce Léo ne connaît donc pas sa famille ? bougonne-t-elle.

— C'est peut-être parce qu'il habitait en Autriche… dis-je en m'apercevant que j'ai omis de donner ce détail à Mamie.

— En Autriche ? Ah bon ? Et si tu me lisais le message que t'a envoyé Léo ?

— Mais oui, j'aurais dû commencer par là ! Attends que je le retrouve… Ça y est, le voilà. »

Je lui lis le message à haute voix et lui explique que je l'ai ensuite appelé pour en savoir plus.

« C'est là qu'il m'a dit que Charles avait vécu en Autriche, a priori à Vienne.

— Tiens, tiens… Que serait-il allé faire à Vienne ?

— Mamie, tu ne crois pas que le hachis est prêt ?

— Fichtre, le hachis ! C'était moins une… Installe-toi, ma chérie ! » lance-t-elle, alors que je suis déjà attablée devant mon assiette.

Catherine

Dis donc… mon mari a décidé de prendre des initiatives, ce soir. Que se passe-t-il ? Il va neiger, ma parole ! Sans me demander mon avis, il a choisi le restaurant, la Pizzeria Don Cesar, où on allait souvent, il y a des lustres. C'était notre fief quand les enfants étaient petits. Le propriétaire, Gino, un Italien pure souche, n'a pas changé depuis trente ans. Le temps semble s'être arrêté pour lui. Alors que nous avons vieilli, lui n'a pas pris une ride. C'est vrai qu'il était déjà chauve quand on l'a connu, il ne risque pas d'avoir des cheveux blancs !

Ici, on se sentirait presque en Italie. Dépaysement garanti ! Dans les cuisines, le ton monte, ça s'interpelle en italien et ça cause fort ; on ne sait jamais s'ils sont en train de se disputer ou s'ils discutent simplement. Je n'ai jamais mis les pieds en Italie, mais c'est ainsi que j'imagine les gens qui vivent là-bas : chaleureux, accueillants, bruyants aussi. Quoi qu'il en soit, Patrice a bien choisi, les pizzas y sont délicieuses. Malheureusement, ce soir, je n'ai pas faim. Je prétexte que le pot organisé au travail a eu raison de mon appétit et ne commande qu'une salade niçoise, un affront pour le patron qui est habitué à ce que je prenne la *pizza quattro stagioni*. Derrière son comptoir, d'où il contrôle les commandes, il s'écrie :

« Hé, madame Cathérine ! Pourquoi tou né prends pas ta pizza préférita ? »

Ah, cet accent… je l'avais oublié ! Trente ans de vie en France ne l'ont pas effacé. Il roule les R à plein tube, c'est charmant. Et il se souvient des prénoms de tous ses clients alors que je ne me rappelle pas ce que j'ai mangé au petit déj'… Enfin si, cette fois je sais, Pierre m'a apporté un pain aux raisins, mais j'aurais très bien pu ne pas m'en souvenir.

Je m'excuse d'un petit signe désolé. Il lance un juron affectueux et s'attelle à la préparation des pizzas cuites au feu de bois d'autres clients.

Habituellement, Patrice est plutôt peu loquace, mais ce soir, c'est un vrai moulin à paroles. À nouveau sans me demander, il commande deux Martini blancs. C'est mon apéritif préféré, il le sait. Mais il sait aussi que je ne tiens pas l'alcool. Il a une idée derrière la tête…

« À notre santé ! lance-t-il gaiement.

— Oui, à notre santé, réponds-je sans entrain.

— Tu n'as pas l'air dans ton assiette.

— Si, si ! C'est juste que je n'ai pas très faim. »

En réalité, j'ai la gorge serrée. Mon cœur bat trop vite. Le visage de Pierre apparaît souvent à la place de celui de Patrice. C'est lui que j'aimerais avoir en face de moi, ici et maintenant. La culpabilité me ronge, je repense à notre baiser…

« Pourquoi tu souris ? me demande Patrice.

— Euh, pour rien…

— Tu souriais. Tu pensais bien à quelque chose.

— Oh, un truc au boulot. Nathalie est une rigolote.

— Comment va-t-elle ?

— Depuis son divorce, elle vit une seconde jeunesse et collectionne les petits amis. Elle profite.

— J'espère que ça ne va pas te donner des idées, dit-il, soudainement inquiet.

— Hein ? N'importe quoi ! »

Patrice a décidé de m'achever. Il doit flairer quelque chose. Je ne la sentais pas, cette soirée. C'est bizarre qu'il décide tout à coup de sortir alors qu'on ne fait plus rien depuis des mois. Ça ne lui ressemble pas.

« Tu devrais l'inviter à la maison, suggère-t-il. Tu ne vois jamais personne en dehors du travail. Avant, elle passait de temps en temps.

— Oh, c'est arrivé si peu. Et puis, je n'ai pas envie. C'est une copine du boulot, c'est tout. Ma vie privée ne regarde personne. »

Il ne manquerait plus que ça. Avec son côté *peace and love*, elle serait capable de proposer à Patrice de se joindre à Pierre et moi pour un plan à trois ! Hors de question que Nathalie mette un pied à la maison. Même pas en rêve !

« Et justement, au travail, comment ça se passe ? reprend-il.

— Toujours autant de boulot et des objectifs qui n'en finissent pas de grimper. Sans compter que de plus en plus de jeunes débarquent avec leurs dents qui rayent le parquet... Les patrons sont à cran parce qu'ils craignent de perdre leur job. La routine, quoi...

— Je vois... Et puisque tu me le demandes, ajoute-t-il alors que je n'ai absolument rien dit, j'ai un truc à t'annoncer ! »

Le pauvre, il s'intéresse à moi alors que je ne lui pose aucune question. Je suis vraiment une immonde égoïste. Si seulement il pouvait m'annoncer qu'il a une maîtresse. Les choses seraient plus simples.

« Ah oui ? C'est quoi ? dis-je, faussement intéressée.

— J'ai vu mon boss aujourd'hui. Je suis promu !
— Mais c'est formidable, Pierre ! Félicitations !
— Est-ce que tu viens de m'appeler Pierre ? »

Liliane

Je n'ai quasiment pas touché à mon assiette. Je n'ai pas très faim. J'ai argué de mon quota de points Weight Watchers pour me servir une toute petite part de hachis. Je sais qu'il est bon, il n'y a qu'à regarder comment Justine le dévore ! Elle s'est déjà resservie deux fois. Nous mangerons les deux dernières parts demain. Il sera encore meilleur réchauffé.

Justine passe tout son repas à pianoter sur son téléphone. Je trouve cela d'une impolitesse... Mais les jeunes sont tous pareils. Je le vois bien, dans la rue, dans le bus, au restaurant : ils sont constamment collés à leur téléphone, comme s'il était greffé à leur corps. Moi, j'ai un téléphone pour téléphoner, point ! Le reste, je ne sais pas faire et je ne m'en porte pas plus mal.

Justine voit bien que je l'observe d'un œil réprobateur. Avec son sourire de petite fille prise en faute, elle me lance :

« C'est pour la bonne cause, Mamie. Tu veux des nouvelles de Charles, oui ou non ? »

Je la soupçonne d'avoir envie de fricoter avec ce Léo. Lui aussi paraît très impliqué dans cette affaire... Je ne pensais pas que mon histoire, vieille de soixante ans, allait susciter un tel engouement auprès de la jeunesse.

« Putain ! Mamie ! Charles… il était gay ! s'exclame Justine, en découvrant un nouveau message.

— On ne dit pas "putain" dans cette maison. Tu veux qu'on remette en place les gages, comme lorsque tu étais petite ? Un euro pour chaque gros mot ?

— Pas la peine ! Je n'ai plus sept ans, Mamie. Nan, mais c'est ouf ! Je te lis le message :

> Mon père vient de me dire qu'oncle Charles ne s'est jamais marié, qu'il n'a jamais présenté une femme à qui que ce soit et qu'il n'a jamais eu d'enfant. Dans la famille, ils ont toujours pensé qu'il était homo.

— Alors là, c'est vraiment n'importe quoi ! dis-je en éclatant de rire. Il est impossible que cet homme qui me faisait si bien l'amour ait changé de bord. IMPOSSIBLE ! »

Justine me regarde d'un air ahuri. Vu sa tête, elle m'imagine en pleine action. Pour qui me prend-elle, une nonne ?

« Ne me regarde pas de cette façon ! On faisait l'amour aussi souvent que possible ! Et je peux te dire qu'il savait m'aimer. Je n'y connaissais rien, moi, mais je suis sûre d'une chose : mon Charles aimait les femmes ! »

En prononçant cette phrase, me voilà perdue dans mes souvenirs érotiques. Charles avait une façon si singulière de caresser ma peau. Ses doigts étaient experts.

J'étais tel un violon abandonné entre ses bras, entièrement à sa merci. Je devenais son instrument, qu'il savait manier avec dextérité et conduisait systématiquement à l'apothéose. J'en ai la chair de poule rien que d'y penser. Non, c'est certain, mon Charles aimait les femmes. Il m'aimait. Je ne vois qu'une possibilité : le Charles Bernard qu'elle croit avoir retrouvé n'est pas le mien.

Justine

Ma grand-mère faisait donc l'amour à dix-sept ans et bravait les interdits pour être avec son amoureux. Dans ma tête, le film de leurs ébats tourne en boucle. À voir l'étincelle qui brille dans son regard, l'émotion qu'il provoquait en elle à l'époque est intacte. Elle déborde encore d'amour pour lui, c'est beau. L'amour n'a pas d'âge, il défie le temps. C'est si bête que ces deux-là ne se soient pas retrouvés. Papi Francis est décédé il y a longtemps. Après sa mort, elle aurait pu être de nouveau heureuse avec Charles. La famille aurait sans doute eu du mal à comprendre, au début, mais ne vivons-nous pas pour être heureux avec quelqu'un qu'on aime ? Ne sommes-nous pas perpétuellement en quête du bonheur ? Ne devrions-nous pas nous réjouir du bonheur des autres ?

J'ai l'intuition que si Charles ne s'est jamais marié, c'est qu'il n'avait qu'elle dans son cœur. Elle était l'amour de sa vie. Le seul. L'unique.

« Ce Charles Bernard n'est pas le mien ! lance ma

grand-mère avec aplomb, me sortant brutalement de mes rêveries.

— Au contraire, Mamie, c'est bien lui, ton Charles : il était tellement fou de toi qu'il ne s'est jamais résolu à faire sa vie avec une autre femme. C'est toi qu'il aimait, Mamie ! »

Ma grand-mère est émue. Cette fois, elle ne court pas se cacher dans une autre pièce. Mes paroles l'ont touchée en plein cœur. Ses yeux s'emplissent de larmes, qu'elle laisse rouler sur ses joues.

« Oh, Mamie Li, je t'en supplie, ne pleure pas ! » dis-je en me levant pour la serrer dans mes bras.

Elle est si menue. Son histoire de régime, c'est vraiment n'importe quoi.

« Justine, tu m'écrases, tout de même.

— Oh, pardon, Mamie Li ! Je t'aime très fort. Je ne veux pas que tu sois triste.

— C'est plus fort que moi, je l'admets. J'avais cessé de me poser cette question : pourquoi m'avoir abandonnée ? Je ne comprends pas pourquoi cela me met dans un tel état. Pourquoi tout à coup, soixante ans plus tard, j'ai de nouveau besoin d'une réponse.

— On va trouver. Je te jure qu'on va trouver ! »

Catherine

Mon Dieu… J'ai tenté de me justifier comme j'ai pu. Patrice, Pierre… Les deux prénoms commencent par un P. Mais ma confusion était palpable et Patrice, qui se réjouissait de m'annoncer la bonne nouvelle, s'est refermé comme une huître. Son enthousiasme s'est évaporé et j'ai eu beau lui dire que c'était une simple erreur, comme lorsque j'appelle Justine Antoine et vice versa, je sais très bien qu'il ne m'a pas crue. Il a commencé par me demander qui était Pierre. Je lui ai répondu que je ne connaissais aucun Pierre. J'ai encore menti. La deuxième fois en quelques heures. Je me déteste. Je ne peux pas me résoudre à lui révéler quoi que ce soit, pas maintenant. Il ne mérite pas de souffrir, et moi, je ne sais même pas ce que je veux. Je suis totalement perdue. Patrice n'est pas l'homme le plus beau de la Terre, ni le plus intelligent, ni le plus riche, ni le plus romantique, mais c'est lui que j'ai choisi. Cet été, nous fêterons nos trente ans de mariage. En trente ans, jamais je ne l'ai trompé, jamais ! Je l'ai aimé sincèrement. Bien sûr, nous avons connu des hauts et des bas, comme tous les couples, mais nous étions heureux, amoureux même. Mais c'était avant. Ce que je ressens désormais pour lui est une immense affection. Enfin, je crois.

Dans ses yeux, j'ai lu de la tristesse, de la déception, de la détresse. Si j'avais jusque-là réussi à masquer mes incertitudes quant à mes sentiments, en me trompant de prénom, j'ai semé le doute dans sa tête. Le pauvre.

Nous sommes rentrés à la maison dans un silence épais. J'ai eu beau essayer de détendre l'atmosphère, rien n'y a fait.

Il s'est déshabillé, s'est brossé les dents et s'est mis au lit en me tournant le dos. Il a éteint la lumière sans se soucier de savoir si j'avais envie de lire, ce que je fais toujours en me couchant. Il ne m'a même pas souhaité bonne nuit.

Il ne dort pas, je le sais : il ne ronfle pas. Absolument immobile, c'est à peine s'il respire. Je ne trouve pas le sommeil non plus. Mon cœur bat toujours aussi vite. J'essaie de focaliser mon esprit sur autre chose, des images qui pourraient m'apaiser. Il faut que je me détende. Naturellement, c'est Pierre qui envahit mes pensées. Je l'imagine s'approcher de moi. Il me fixe intensément, me sourit et vient poser ses lèvres chaudes et humides sur les miennes. Je l'imagine aller plus loin. La passion est dévorante. Ses mains se font plus pressantes, à la recherche du contact avec ma peau. Je me repasse la scène en boucle. Sans vraiment maîtriser mon geste et sans doute à la recherche d'un contact physique, je tends mon bras en direction de mon mari et pose ma main sur son épaule.

« Je suis désolée, Patrice. Je t'assure que c'est une regrettable erreur.

— Un lapsus, ouais…

— On passait une bonne soirée. C'était une bonne idée, ce resto. Peut-être qu'un câlin effacera ce fâcheux malentendu ?

— Laisse tomber ! Il ne manquerait plus que tu penses à un autre pendant qu'on baise. »

J'encaisse le coup. Je comprends sa colère. Ses mots cinglants sont pourtant criants de vérité. Il a raison, ça fait des mois que je pense à Pierre les rares fois où Patrice et moi passons à l'acte. Je me hais. Comment puis-je être aussi horrible ?

Je ne pipe mot. Feignant d'être vexée, je me lève

pour aller dormir dans le lit de Justine. C'est la toute première fois que je « découche », Patrice et moi ne nous disputons pour ainsi dire jamais. Je prends soin de fermer la porte, en espérant qu'Antoine n'entrera pas dans la chambre de sa sœur.

11

Liliane

Catherine vient déjeuner. Il doit y avoir de l'eau dans le gaz entre Patrice et elle. Vendredi, elle m'a lancé une invitation à déjeuner chez eux puis, sans explication, elle m'a rappelée ce matin pour me demander si elle pouvait plutôt venir ici, seule. Je crois bien que c'est la première fois. Ils viennent rarement à la maison, c'est toujours moi qui me déplace, presque tous les dimanches. Elle dit que Patrice fait une sortie à vélo. En janvier, c'est étrange. Habituellement, son vélo est rangé en attendant des jours meilleurs. Peut-être est-ce la météo clémente de ces derniers jours qui l'a motivé ?

Mon gendre est quelqu'un de bien. Il est gentil, c'est un bon père de famille, un bon mari. Il est si parfait que c'en est presque suspect, d'ailleurs. J'espère qu'il n'est pas en train de faire sa crise de la cinquantaine. Personne n'est à l'abri d'une fausse route à un moment ou un autre. Et je ne parle pas du vélo… Catherine est une femme loyale et droite, mais elle a un caractère bien trempé qu'il faut savoir apprivoiser. Je ne crois pas avoir jamais réussi. Elle est un peu comme moi, en roue libre.

Je me rappelle quand elle nous a présenté Patrice. Ils se fréquentaient depuis plusieurs mois mais elle n'avait rien dit à personne. Même pas à son frère dont elle était très proche. Moi, j'avais senti quelque chose. Son attitude avait changé. Je savais qu'elle était amoureuse, cela ne faisait pas l'ombre d'un doute. J'avais connu ce sentiment. Elle était épanouie et heureuse.

J'espère que c'est toujours le cas… et qu'elle est également en bonne santé. La cinquantaine, c'est l'âge de tous les maux : les maladies, la ménopause, la déprime voire la dépression, le corps qui vieillit et que l'on accepte mal. J'en sais quelque chose. Personne ne m'avait prévenue quand j'en suis passée par là, pas même ma propre mère. Elle était malade à l'époque. Quand elle est morte, Justine avait deux ans et Antoine était un tout petit bébé. En pleine crise existentielle, j'ai eu du mal à accepter sa mort. J'avais tant de choses à lui dire, elle est partie trop vite. Catherine a de la chance, elle a encore la sienne. Il serait bon que je lui parle.

Elle ne va pas tarder. Et Justine qui dort encore. Ah, ces jeunes…

Justine

Il est déjà 11 h 30 et je n'arrive toujours pas à m'extraire de ce lit. Mamie est levée depuis longtemps, elle. J'entends des bruits d'assiettes qui s'entrechoquent.

Les rayons du soleil passent à travers les interstices des volets. Dehors, les oiseaux piaillent. Il va quand même falloir que je me lève. Papa et Maman nous attendent pour le déjeuner. C'est le rituel du dimanche midi : Mamie vient toujours à la maison. Tonton Max nous retrouve pour le café.

Je me sens épuisée. Je me suis endormie super tard. J'ai passé une bonne partie de la soirée à textoter avec Benjamin. Il voulait qu'on se voie mais je n'en avais pas envie. Je lui ai dit que ma grand-mère n'était pas en forme et que je préférais rester auprès d'elle. Il avait l'air surpris car il lui avait semblé, au contraire, qu'elle tenait une forme olympique la dernière fois qu'il l'avait vue. C'est vrai qu'elle avait la pêche, le jour de la galette. Quand je repense à sa tête lorsqu'elle lui a dit que sa braguette était ouverte ! C'était jubilatoire, je m'en rappellerai toute ma vie.

J'ai lancé une discussion à propos de « nous », mais on a dû y couper court quand son meilleur pote lui a proposé d'aller en boîte, ce qu'il s'est empressé d'accepter. Alors que cette information m'aurait sacrément énervée il y a encore quelques jours, je me suis mise à espérer qu'il y rencontre quelqu'un, qu'il couche avec, qu'il passe ainsi à autre chose le plus vite possible. Cela me faciliterait grandement la tâche, parce que je suis de plus en plus certaine que notre relation touche à sa fin. Et s'il ne voit rien venir, alors c'est vraiment un imbécile.

Et puis, je n'ai pas arrêté de me réveiller de toute la nuit. J'ai fait une série de rêves étranges qui m'ont agitée. Charles et Mamie étaient à nouveau réunis. Jeunes et beaux, ils dansaient au beau milieu d'une sorte de bal. Mamie riait très fort. À force de tournoyer, ils finissaient par s'envoler. J'espère qu'il ne s'agit pas d'un mauvais présage pour Mamie.

Charles est encore apparu dans ses rêves, la nuit de vendredi à samedi. Je vois bien qu'il ne la lâche pas. Enfin, si l'on peut vraiment dire ça quand on n'a eu aucune nouvelle de l'autre durant soixante longues années. Je m'en veux de voir que toutes les récentes révélations sur Charles l'affectent beaucoup. Nous avons décidé d'arrêter d'en parler, sauf si Léo me donne une nouvelle information capitale.

D'ailleurs Léo, tiens… J'ai aussi rêvé de lui, cette nuit. J'avoue qu'il me plaît bien, ce qui est totalement absurde, étant donné que je ne l'ai jamais vu en vrai. Les quelques photos et vidéos que j'ai pu voir sur son profil Facebook montrent un homme brun, soigné, aux yeux plutôt clairs. Il a l'air grand et bien fichu. D'après ce que j'ai compris, il est prof de sport dans un lycée. Elles ont bien de la chance, ses élèves. Ça doit être une réelle motivation pour aller en cours. Je m'égare, là… Je ne me souviens plus très bien du contenu de mon rêve mais je sais juste qu'il était là, près de moi. Je lui enverrais bien un petit message. Quel prétexte pourrais-je trouver aujourd'hui pour communiquer avec lui ?

J'ai aussi rêvé de la nana des toilettes. Elle me disait : « Machine (je ne me rappelle plus son prénom) attend ton appel. Quand comptes-tu lui téléphoner ? »

Je ne crois pas à ces histoires de médium. Je ne sais même pas où j'ai mis sa carte.

Je me lève d'un bond et retrouve le petit carton, soigneusement plié en quatre, dans la poche du jean que je portais vendredi. Une chance que je ne l'aie pas mis à laver. Je pose la carte sur la table de chevet. Je ne sais pas si j'appellerai cette personne. J'en parlerai à Mamie. Il me semble que c'est à elle de décider.

Catherine

Déjeuner seule chez ma mère ne m'était jamais arrivé. Enfin, je crois… Je lui ai dit que Patrice faisait une virée à vélo. J'espère qu'elle n'aura pas l'idée de lui téléphoner pour vérifier. Pour être honnête, je ne sais pas ce qu'il fabrique. Il est parti de bonne heure, ce matin, en grommelant : « Ne compte pas sur moi pour le déjeuner avec ta mère. »

Il boude depuis l'autre soir. Il bricole dans le garage et ne se montre qu'aux repas. Il n'adresse la parole qu'à Antoine, dont le temps de présence à table dure entre trois et cinq minutes. Quand je lui parle, il me répond à peine. Il s'est enfermé dans sa caverne psychologique, j'ignore pour combien de temps. Depuis deux nuits je dors dans la chambre de Justine, mais je compte bien retrouver mon lit, ce soir, même si rien n'est encore clair dans ma tête.

OK, Pierre m'a embrassée. OK, je ne l'ai pas repoussé. On est d'accord que je suis amoureuse de lui, mais je n'ai pas – encore – commis l'irréparable. Il faut que je sache ce dont j'ai envie, que j'organise mes pensées, que je réfléchisse. Le problème, c'est que je n'y arrive pas. J'aime beaucoup Patrice et je suis amoureuse de Pierre. Est-ce seulement possible ? Peut-on aimer deux hommes à la fois de façon différente ? Je suis complètement larguée. Je ne peux en parler à personne. Il va sans doute falloir que je consulte un psy, mais j'ai vraiment peur de ce qu'il pourrait me dire.

En arrivant devant chez ma mère, je respire profondément pour remettre mes idées en place, ravaler les larmes qui menacent et cacher mon désarroi. Ni Justine ni Maman ne doivent s'apercevoir de mon état. D'ailleurs, je suis en pleine forme. Je suis amoureuse, ce n'est pas une maladie. Voilà, c'est ça, je dois être positive en toutes circonstances.

J'arbore un sourire factice et je sonne à la porte avant de prendre racine. J'entends Milou aboyer et les pas de ma mère approcher. On y est !

Liliane

Voilà Catherine. Je jette un œil à mon reflet dans le miroir de l'entrée et replace une mèche qui s'est échappée de son attache. Comme chaque jour, je me suis un peu maquillée et parfumée. Ce n'est pas parce que je suis vieille que je dois oublier de me pomponner.

En ouvrant la porte, je découvre ma fille, blafarde.

« Bonjour, Catherine. Oh ! qu'est-ce que tu as mauvaise mine, laissé-je échapper en l'embrassant. Entre !

— Bah merci, ça fait plaisir… marmonne-t-elle, vexée.

— Je t'assure, tu es blanche comme un linge. Tu as maigri, non ?

— Non, je n'ai pas maigri. Du moins, je ne crois pas… Tu peux parler, toi, avec ton régime Weight Watchers !

— Moi, c'est pour mon diabète que je suis prudente. Toi, en revanche, tu es aussi épaisse qu'une brindille. Est-ce que tu t'alimentes correctement ?

— Maman, je ne suis plus une ado. Si c'est pour me harceler de questions que tu m'as invitée, ce n'était pas la peine.

— Tu es gonflée ! C'est toi qui as voulu venir, je te signale. Tu m'as téléphoné ce matin pour changer le programme.

— Ah oui… c'est vrai, admet-elle, confuse.

— Qu'est-ce qui se passe, ici ? Vous ne vous disputez pas déjà, quand même ? »

Justine, en pyjama, nous rejoint dans le salon. Cheveux en bataille, traces de mascara sous les yeux… Visiblement, elle n'est pas passée par la salle de bains.

« Salut M'man. Qu'est-ce que tu fais là ? lance Justine.

— Quel accueil ! Dès qu'on bouscule un peu les habitudes, plus rien ne va !

— Qu'est-ce qu'il y a ? s'inquiète Justine. Tu n'as pas l'air en forme…

— Je vais très bien ! s'énerve Catherine. Vous vous êtes liguées pour me faire chier, aujourd'hui ?

— Catherine ! Pas de gros mots dans cette maison !

— Fais gaffe, M'man, Mamie m'a déjà menacée de remettre en place les gages. Elle veut se faire de la thune, plaisante Justine en embrassant sa mère. C'est juste qu'on s'inquiète pour toi, Mamounette. Tu n'aurais pas minci, par hasard ? »

Catherine s'effondre sur le canapé. Ce n'est pas pour me rassurer.

« Je n'ai pas pu changer à ce point en huit jours, répond ma fille, blasée. Et puis, je ne sais pas si j'ai maigri ou pas, je ne me pèse jamais.

— Quelle chance ! s'exclame Justine. Je passe mon temps à monter sur la balance ! J'aimerais tellement tenir de toi plutôt que de Papa. Regarde un peu mes gros jambons… râle-t-elle en palpant ses cuisses. Même Antoine est plus maigre.

— N'importe quoi, tu as de très belles jambes, ma puce…

— Mais oui, nous sommes de jolies et parfaites jeunes femmes. Surtout moi ! dis-je joyeusement pour apaiser les tensions. Et pour fêter ça, que diriez-vous d'un petit apéro ?

— Ah… on déjeune ici ? Et où est mon chocolat chaud ? se lamente Justine.

— Tu as vu l'heure, jeune demoiselle ? Il est midi passé, si tu voulais ton chocolat, tu n'avais qu'à te lever plus tôt ! Tu es encore en pyjama alors que c'est l'heure de l'apéro.

— L'apéro ! Bonne idée ! Une double dose pour moi, s'il te plaît, s'écrie Catherine. Ce que tu as fera l'affaire ! »

Sapristi ! Je fais ma maligne avec mon apéro, mais si ça se trouve, Catherine est alcoolique et je nourris son mal…

Catherine

Oui… je dois boire pour oublier. Quelle idée j'ai eue de venir déjeuner chez ma mère ! Je me suis littéralement jetée dans la gueule du loup. Avec toutes ses questions… « Tu es sûre que tu vas bien ? T'aurais pas maigri ? » Et j'en passe. NON, je ne vais pas bien. OUI, j'ai sûrement fondu parce que j'ai mal au ventre de mentir à la terre entière, à commencer par moi. Il n'y a que Pierre pour me trouver belle. Aveuglé par l'amour, sans doute. Il me manque atrocement. J'ai hâte de le retrouver demain. J'ai hâte mais je suis effrayée. Pourrai-je me retenir de lui sauter au cou ? Vais-je cesser d'espérer qu'il m'embrasse ? Serai-je seulement capable de lui raconter ma soirée au restaurant avec Patrice, et mon lapsus, signe qu'il hante mes pensées au point que je me trompe de prénom ? Je n'ai qu'une envie : être avec lui, franchir le pas, au risque de détruire mon couple. J'ai tellement peur…

Ma mère sert à chacune un verre de Monbazillac, mon vin préféré. Il est si sucré que je le bois tel un jus de fruits, et sans même attendre de trinquer. Je profite de l'absence de Justine, qui est partie s'habiller, et de ma mère qui œuvre en cuisine, pour avaler mon verre et m'en servir un autre. Il va falloir que je me calme, car je ne tiens pas l'alcool : il me fait l'effet d'un sérum de vérité. Il faut que je mange quelque chose, et vite, avant de dire des conneries. Ce n'est pas le moment de flancher.

« Dis, Maman, tu n'aurais pas un truc à grignoter avec le vin ?

— Peut-être, regarde dans le buffet ! hurle-t-elle depuis la cuisine.

— Tu as besoin d'aide ?

— Sans façon ! Reste assise et repose-toi. Tu en as plus besoin que moi », somme-t-elle.

Argh… Elle ne peut pas s'empêcher d'ajouter la petite phrase qui fâche. Je m'en moque. Je déniche un paquet de chips, c'est exactement ce que je cherchais. Par acquit de conscience, je regarde la date de péremption… Zut ! Dépassée de six mois. Mais c'est du marketing, tout ça, je suis certaine que les patates se conservent bien plus longtemps. On veut juste nous inciter à la surconsommation.

J'ouvre le sachet, vide son contenu dans un saladier qui se trouve là, et m'en sers une poignée. Franchement, elles sont très bonnes. Peut-être un arrière-goût, mais rien d'insurmontable.

« Bon, vous revenez ou quoi ? J'ai soif, moi ! »

Justine

Pourquoi faut-il toujours que je me préoccupe des problèmes sentimentaux des autres ? D'abord Mamie et maintenant Maman. Cela dit, elle a vraiment une sale tête. Et Papa qui n'est pas là. C'est chelou. D'habitude, le dimanche midi, on se retrouve tous à la maison. Là, Maman débarque seule, avec une tête de déterrée, à peine maquillée. À côté de Mamie, on pourrait presque se demander qui est la mère et qui est la fille. J'exagère à peine. Ça cache peut-être quelque chose, tout de même. Serait-ce un nouveau mystère à élucider ? J'espère que Maman n'a pas elle aussi « son » Charles.

« Bon, vous revenez ou quoi ? J'ai soif, moi ! crie ma mère depuis le salon.

— J'arrive ! Eh bien, tu prends les chips pour un antidépresseur ? plaisanté-je en la découvrant avec un saladier sur les genoux, des chips plein la bouche.

— Tu sais bien que je ne tiens pas l'alcool, surtout le vin blanc.

— Dans ce cas, pourquoi tu en bois ?

— Parce que j'aime ça.

— OK, c'est un bon argument. À ta santé, M'man. Mamie, on t'attend pour trinquer. Dépêche !

— On dit "dépêche-toi". Pourquoi vous sentez-vous obligés d'écourter chaque phrase ?

— Tu peux me tutoyer, Mamie », dis-je en explosant de rire.

Ma grand-mère secoue la tête en guise de protestation.

« À nous ! lance-t-elle.

— Et à l'amour », ajouté-je en levant mon verre.

Ma mère manque de s'étouffer avec son vin. Elle reprend son souffle et bredouille :

« Il y a du nouveau avec Benjamin ? Tu es partie un peu vite, dimanche dernier. Vous êtes en froid ?

— Oui. Je vais le quitter, Maman. »

Mince alors… Elle avale à nouveau de travers.

« Mais pourquoi ? bafouille-t-elle.

— Parce que je ne l'aime plus, c'est aussi simple que cela.

— Aussi simple, aussi simple... Tu es sûre de toi ? Cela fait un petit moment que vous êtes ensemble. Il ne faut pas se quitter pour un oui ou pour un non.

— Maman, tu ne m'as pas écoutée : je ne l'aime plus ! C'est une raison suffisante pour quitter quelqu'un, il me semble.

— Tu as raison, Justine, lance ma grand-mère. Vous ne vivez pas ensemble, vous n'avez ni enfant ni maison, autant le faire maintenant si tu es sûre de toi.

— Je le suis !

— Parfait ! Et toi, Catherine ? Tout va bien de ce côté-là ?

— Euh, moi ? Oui, oui. RAS. C'est le calme plat.

— Tu es sûre, hein ? On est entre filles. À part le chien, il n'y a aucun mâle à l'horizon. Et tu peux lui faire confiance, il est muet comme une tombe. Hein, mon chien ? »

Milou approuve en aboyant.

Catherine

Au secours ! Voilà que ma mère s'acharne à nouveau contre moi pour me soutirer des informations. Je dois me taire. Il faut que j'arrête de boire.

« Puisque je vous dis que tout va bien. Vous n'allez pas recommencer avec vos questions !

— Hé, je n'y suis pour rien », se défend Justine.

Tu parles... Avec son toast « à l'amour », elle a mis

de l'huile sur le feu et ça m'était directement destiné. Je doute fort que ma mère soit concernée, à son âge.

« Et ton mari ? reprend-elle. Pourquoi n'est-il pas là ?

— Pierre fait du vélo, je te l'ai déjà dit. Il a bien le droit de prendre du temps pour lui.

— Depuis quand ton mari a-t-il changé de prénom ? demande ma mère, arquant un sourcil.

— Comment ça ? Qu'est-ce que j'ai dit ?

— Tu as dit Pierre, Maman. À moins que Papa n'ait une double identité… remarque Justine sur un ton pète-sec qui m'insupporte.

— Pierre, Patrice… Enfin ! C'est presque pareil. Vous savez bien que je suis dyslexique quand je bois.

— Mais tu n'as bu qu'un verre… s'étonne ma fille.

— Ah oui ? Mais il est traître, ce pinard… Tiens, mange des chips ! » dis-je pour noyer le poisson.

Oh mon Dieu… Je suis vraiment la plus gourde des gaffeuses. J'ai très chaud tout à coup. Je ne sais pas si ce sont les effets du vin ou bien de la ménopause, mais je sens la sueur perler le long de mon échine. Ne rien laisser paraître… Surtout, tenir bon ! Justine et Maman me regardent avec suspicion. Ne sachant quoi dire, je lance :

« Et sinon, qu'est-ce que tu nous as préparé de bon, Maman ? »

Liliane

Oh, sacrebleu ! J'en étais sûre. Catherine est alcoolique. Mon Dieu…

« La blanquette de veau est prête, dis-je. On passe à table quand vous voulez.

— Chouette, de la blanquette ! Mon deuxième plat préféré après le hachis Parmentier, s'émerveille Justine.

— Cette mamie, un vrai cordon bleu, ironise Catherine. Et sinon, quand reviens-tu habiter à la maison ?

— Dès qu'on aura élucidé l'histoire de Charles, lâche Justine sans se rendre compte de sa bévue.

— Et qui est Charles ? » s'enquiert ma fille.

Mince ! C'est mon secret, je ne voulais pas en parler, surtout pas à Catherine.

« Personne ! m'empressé-je de répondre.

— Quelqu'un ! » annonce simultanément Justine.

Catherine nous observe à tour de rôle. Oh, mon Dieu, tout part à vau-l'eau dans cette famille…

« Personne ou quelqu'un ? Mettez-vous d'accord ! C'est qui, au juste ? insiste Catherine, qui semble tout à coup parfaitement sobre.

— Bon, allez, Juju, on lui dit. C'est ta mère, après tout, elle a le droit de savoir, quand même. »

Ne comprenant pas où je veux en venir, Justine entreprend une série de grimaces. Décidément, on n'est jamais mieux servi que par soi-même :

« Charles est un jeune homme que Justine a repéré à l'école.

— N'importe qu… Mais oui, c'est ça ! se rattrape Justine en me voyant la fusiller du regard. En fait, Charles est un garçon que j'ai rencontré il y a quelques années et que j'ai retrouvé par hasard. Il s'est passé un truc entre nous, une espèce de coup de foudre. C'est pour ça que j'ai décidé de quitter Benjamin.

— Ah bon, mais tu es sûre de toi ? Est-ce que c'est réciproque ? lui demande sa mère.

— Non, elle n'est pas sûre et elle ne sait pas si c'est réciproque, rétorqué-je à sa place. Mais Benjamin est un idiot fini qui ne la mérite pas. Justine est jeune, elle peut trouver mille prétendants mieux que lui.

— Mille, ça fait un peu beaucoup, lance Catherine. Un garçon bien suffira. Ce n'est pas la peine de cumuler les conquêtes. Regarde, Papa et toi, ça a duré plus de cinquante ans et c'était ton premier amour… C'est beau !

— Oui, et toi, avec Patrice, dis-je en insistant sur le prénom, vous fêterez bientôt vos trente ans de mariage, si je ne me trompe pas. Tu es sur la bonne voie pour faire aussi bien que nous.

— C'est ça, trente ans… répète-t-elle, évasive.

— Ouais bah… on n'est plus au siècle dernier, mesdames, s'agace Justine. Et si j'ai envie de voir du pays – façon de parler –, eh bien, je fais ce que je veux. C'est ma vie, pas la vôtre.

— Mais pourquoi tu te fâches, ma Juju ? Nous sommes en train de discuter calmement et tu t'emportes sans raison. Bien sûr que tu fais ce que tu veux. Personne ne te juge, surtout pas ta mère, ni moi. C'est fini, ce temps-là ! Il est question d'amour, pas d'histoire de… fesses. Tout le monde mérite de connaître le véritable amour, même s'il faut en rencontrer plusieurs pour trouver le bon : celui qui rend le plus heureux du monde. Et si tu te trompes, ce n'est pas grave. En amour, il n'y a pas d'échec. Chaque histoire te rendra meilleure, encore plus forte. Le plus important, c'est d'aimer et d'être aimée. N'est-ce pas, Cathy ? »

Catherine

Mince alors, j'aurais dû l'enregistrer ! Ma mère m'a toujours appris à faire des compromis : « Il est comme ci, ce n'est pas grave. Il est comme ça, fais avec ! Tout le monde a des défauts, toi aussi. Tu dois accepter les siens. » Et son discours est si beau et si juste… et pourtant si peu adapté à mon propre cas… Elle était loin de me dire tout ça quand j'étais jeune. Elle n'était pas cool, comme mère. Ce petit laïus plein de sagesse me transperce le cœur. Ai-je le droit au bonheur, moi aussi ?

« Oui, tu as raison, Maman… dis-je, les larmes aux yeux.

— Est-ce que tu pleures, Maman ? demande Justine.

— Ah non ! Ne me dis pas que c'est l'alcool, cette fois ! Je ne te croirai pas, s'écrie ma mère.

— Mamie, lâche-la avec ça, elle ne boit jamais, c'est pour ça qu'elle ne tient pas l'alcool.

— D'habitude, elle ne réagit jamais comme ça. C'est à peine si elle écoute ce que je dis. Et là tout à coup, je parle d'amour et de sentiments et elle se transforme en fontaine. C'est suspect !

— C'est vrai ça, approuve Justine, tu n'es pas si sensible d'ordinaire…

— Bon, ça suffit ! Vous avez décidé de me harceler, aujourd'hui ?

— Donc, tu n'es pas alcoolique ? demande ma mère sur un ton on ne peut plus sérieux.

— Mais, ça ne va pas la tête ! Bien sûr que non.

— J'ai compris ! s'exclame-t-elle, soulagée. Ce sont les hormones. C'est la ménopause qui te travaille. Tu n'as plus tes règles, si ?

— Maman, pitié ! On est à table ! On pourrait peut-être parler d'autre chose ?

— Oui, Mamie, s'il te plaît. On peut manger, là ? J'ai la dalle !

— Tu ne peux pas dire "j'ai faim", tout simplement ? » grommelle ma grand-mère tout en servant dans nos assiettes une part de sa fameuse blanquette.

12

Justine

Je raccompagne Maman à la maison. J'en profiterai pour prendre quelques affaires de rechange. Mamie a préféré rester au chaud ; j'ai pris Milou avec moi pour qu'il fasse sa petite promenade. Accrochée au bras de ma mère, j'attends que l'une de nous engage la conversation. Mais comme toujours, c'est moi qui vais parler. Avec elle, on peut attendre longtemps… Elle est si discrète, presque secrète.

« C'était sympa ce moment entre filles, non ? On devrait le faire plus souvent.

— Oui, c'est vrai, répond ma mère, évasive.

— Maman, je peux te poser une question ?

— Vas-y.

— S'il se passait quelque chose dans ta vie… je veux dire, quelque chose d'important, tu me le dirais, hein ?

— Que veux-tu qu'il se passe dans ma vie ? demande-t-elle d'une voix chevrotante.

— Je ne sais pas, mais j'espère que tu m'en parlerais. Je ne suis plus une enfant, tu sais.

— Bien sûr, bien sûr… Mais tout va bien, ne t'inquiète donc pas pour nous. »

Au même instant, mon portable se met à vibrer dans ma poche. Je regarde qui peut bien m'écrire. Oh punaise ! Je sursaute en apercevant l'expéditeur du message sur l'écran : Léo.

« Qui est-ce ? demande ma mère.

— C'est Léo, un copain.

— Vu ta réaction quand tu as découvert son message, c'est plus qu'un copain. Eh bien… Benjamin a du souci à se faire… Charles, Léo… tu ne chômes pas ! Qu'est-ce qu'il raconte ?

— Je ne sais pas. Je le lirai plus tard.

— Oh, tu exagères… J'aurais bien aimé savoir, moi.

— Maman… c'est personnel.

— Alors me concernant, ça ne l'est pas, mais dès qu'il s'agit des autres, tu peux toujours courir pour savoir ce qu'il en est.

— Te fâche pas, Mamounette. Un jour, je t'expliquerai tout », dis-je en déposant un bisou sur sa joue.

Sans m'en rendre vraiment compte, je presse un peu le pas. J'ai hâte de lire le message de Léo. Les premiers mots que j'ai aperçus ont attisé ma curiosité : « Salut, je cherchais un prétexte pour… » Je crois qu'un sourire s'est dessiné sur mon visage.

Liliane

Catherine et Justine sont parties, ce qui m'a laissé le temps de faire une petite sieste dans mon fauteuil. J'étais épuisée. J'ai fait un rêve dont je sors à peine. Charles est passé me voir rapidement, mais son expression était différente des autres fois. Il m'a semblé vieilli. Il m'a regardée intensément jusqu'à ce que cela me réveille.

Enfin, Charles est mort ! Se pourrait-il qu'il essaie de communiquer depuis l'au-delà ? Est-ce qu'il voudrait me dire quelque chose ? Je devrais peut-être en parler à Justine.

Justine

À la maison, je trouve mon père affalé sur le canapé. Il dort à moitié.

« Salut, Pa' ! C'était bien, le vélo ? »

Quand je dépose une bise sur son front, il émet un grognement qui signifie clairement : « Je dors. Repasse plus tard ! »

Je file vers ma chambre. Mon lit est fait, les draps sont même changés : ma mère n'a pas pu s'empêcher de mettre de l'ordre ici. Je n'aime pas qu'elle touche à mes affaires, mais il faut avouer que ma chambre est mieux quand elle est rangée. Une odeur de linge propre flotte dans l'air.

Je m'assieds sur mon lit pour lire le message de Léo :

Salut, je cherchais un prétexte pour t'écrire. C'est étrange, Justine, et je m'en excuse. Je ne voudrais pas que tu prennes peur à cause de ce qui va suivre. Je suis confus parce que tu me perturbes. J'ai les pieds sur terre, j'adore la course à pied. Bon, OK, ça n'a aucun rapport. Ça y est, tu flippes… Je le sens…

J'éclate de rire. Ce gars est effectivement un malade mental, mais qu'est-ce qu'il est drôle ! Je reprends ma lecture :

Donc ce midi, je déjeunais chez mon père. Mes parents sont divorcés. Tu t'en moques, je le sais.

Mais pas du tout ! Il est chiant, à la fin, de penser à ma place. Sa vie m'intéresse !

Je pensais à toi quand mon père a lâché une information capitale qui te concerne. C'est drôle, n'est-ce pas ?

Oui, enfin, drôle, peut-être pas, mais je suis intriguée.

Mon père doit se rendre à Vienne pour vider le logement qu'occupait oncle Charles. Comme il n'a pas eu d'enfants, ce sont ses neveux et nièces qui héritent. Il y a eu un testament. Un notaire les a convoqués à Paris. Enfin, tout ça pour te dire que mon père part le week-end prochain. J'ai pensé que cela pouvait vous intéresser. Peut-être que ça vous dirait, à ta grand-mère et toi, de faire une escapade à Vienne ? On pourrait y aller ensemble ? Qu'en penses-tu ?

Alors là, si je m'attendais à ça ! Il est définitivement fou ! Comme si j'allais accepter de partir à l'étranger avec un parfait inconnu et entraîner ma grand-mère dans cette aventure, par-dessus le marché ! N'importe quoi ! Ce mec est perché. Mais qu'est-ce qu'il est drôle !

Catherine

Je suis allée dire bonjour à mon époux, mais il a détourné la tête quand j'ai voulu l'embrasser. Il ne s'est pas rasé, n'a pas brossé ses dents à en juger par son haleine, et je crains même qu'il n'ait pas mangé.

J'entends Justine rire au loin. Qu'y a-t-il de si drôle ? Je m'approche discrètement de la porte de sa chambre. Non, ce n'est pas ce que vous croyez, je n'écoute pas aux portes. Un soupçon de curiosité, c'est tout.

Je toque, puis ouvre la porte :
« Est-ce que tu restes avec nous pour dîner ? »
Justine sursaute et cache son portable derrière son dos.
« Euh, non, je vais y aller. Mamie a besoin de moi. Antoine n'est pas là ?
— Il faut croire que non. Il va, il vient… Il prend cette maison pour un B&B. D'ailleurs, il n'est pas le seul, on dirait.
— Vous n'êtes pas bien, Papa et toi, en amoureux ? Vois le bon côté des choses ! C'est chouette de se retrouver de temps en temps.
— Mouais… Tu as vu à quel point il est heureux de me voir.
— Pourquoi dis-tu cela ?
— Pour rien… » dis-je, en quittant la pièce.
La sonnette du portail retentit. Dehors, Milou aboie gaiement. C'est sûrement Max et Virginie qui viennent boire un café. J'ouvre la porte d'entrée et me retrouve nez à nez avec Benjamin. Il tente désespérément d'amadouer Milou qui s'est mis à grogner. Je parle assez fort pour que ma fille m'entende :
« Tiens, Benjamin ! Qu'est-ce que tu fais ici ?
— Je venais voir Justine. Est-ce qu'elle est là ? »

Justine

Benjamin ? Merde, merde, merde ! Il est gonflé de se pointer à l'improviste. Pourvu que Maman lui dise que je suis sortie ou que j'ai déménagé. À Vienne, tiens !

Ce n'est pas mal comme destination. C'est assez loin, il n'ira pas me chercher là-bas.

Je n'ai pas envie de le voir. Qu'est-ce que je vais lui raconter ? Que j'ai simplement compris qu'il était temps qu'il sorte de ma vie ? Il va falloir que je lui explique mon éloignement soudain et que je sois honnête. Le problème, c'est que je ne sais pas comment le lui dire. Je prends une grande inspiration avant de quitter ma cachette : c'est peut-être le bon moment, inutile d'attendre plus longtemps.

« Salut… dis-je en apparaissant dans son champ de vision.

— Ah, tu es là ? m'accueille-t-il, avec un sourire pincé.

— Bah oui, où veux-tu que je sois ?

— Tu aurais pu être chez ta grand-mère. Vous ne vous quittez plus, elle et toi, répond-il sur un ton fort désagréable.

— C'est vrai, mais non, je suis là… Entre !

— Tu ne m'embrasses pas ?

— Si, si… dis-je en déposant du bout des lèvres un tout petit bisou sur sa joue.

— Waouh, ça, c'est du baiser. Excusez-nous, Catherine, mais Justine et moi allons nous isoler un peu. Nous avons à causer.

— Euh, oui… faites donc ! lance ma mère, surprise.

— Il faut qu'on parle, toi et moi, dit-il en m'attrapant par le bras tout en prenant la direction de ma chambre.

— J'avais saisi. J'ai l'impression que tu n'es pas content.

— Et moi, j'ai l'impression que tu te fous de ma gueule, râle-t-il en claquant la porte de ma chambre derrière nous.

— Benjamin, c'est inutile de tourner autour du pot, tu as très bien compris.

— Compris quoi ?

— Que c'est fini entre nous !

— Mince... Comment tu le sais ? demande-t-il, presque avec soulagement.

— Pardon ? Tu veux me quitter ?

— Euh... J'ai bien saisi le message de ta grand-mère, l'autre jour : c'est elle qui m'a encouragé, je n'avais pas l'intention d'appeler cette fille...

— Je ne capte rien à ce que tu dis. Que vient faire ma grand-mère dans cette histoire ?

— Je pensais qu'elle t'avait tout raconté.

— Mais enfin, bordel, de quoi tu parles ? »

C'est alors que Benjamin m'explique les faits : qu'il est venu à la fac lundi et y a croisé Mamie qui l'a surpris en pleine conversation avec une nana. Elle lui donnait son numéro de téléphone alors qu'il ne lui avait rien demandé. Il était juste venu pour me voir et discuter, parce qu'il sentait qu'un truc clochait depuis la veille. Quelle perspicacité ! Je suis impressionnée. Il n'avait aucunement l'intention de contacter cette fille, mais c'est ma grand-mère qui l'a encouragé. Bien sûr ! Du coup, il l'a appelée, ils se sont revus et, en quelques minutes, il a oublié tous ses beaux principes : fidélité, honnêteté, respect. Tu parles ! Il me suffit de me remémorer la scène de la salle de bains pour remercier je ne sais qui d'avoir mis cette créature de la tentation sur le chemin de mon chevalier pas si servant, apparemment.

Par principe – moi aussi, j'en ai – je fais mine d'être triste ; intérieurement, je jubile. Une petite voix chantonne « Libérée, délivrée », mais je me retiens d'exprimer mon soulagement. Après tout, tant mieux s'il pense être à l'origine de la rupture, cela le fera moins souffrir.

Nous sommes sur le point de nous séparer lorsqu'il me regarde droit dans les yeux pour me proposer :

« Est-ce que tu veux qu'on fasse l'amour une dernière fois avant de se quitter, histoire de rester sur un bon souvenir ? »

Punaise, il ne perd pas le nord ! Je suis partagée entre l'envie de le gifler et celle de lui asséner un bon coup dans les roubignoles. Quoiqu'en y réfléchissant bien, cela reviendrait au même. Je prends sur moi et choisis plutôt de répondre par un petit mensonge et avec détachement :

« C'est adorable, mais… j'ai mes règles. Et c'est le jour plus-plus-plus. Je t'assure que ce serait tout sauf un bon moment. Rentre chez toi et sois heureux, Benjamin. »

Je n'ai aucune envie d'assouvir ses besoins primaires. Faire l'amour avec lui en deux minutes chrono ne me manquera pas. Il n'a qu'à appeler sa nouvelle copine pour ça. En revanche, pour la seconde partie de ma tirade, je suis plutôt sincère : je ne lui veux aucun mal. C'est juste que je ne ressens plus d'amour pour lui. Et cela me paraît évident désormais.

« Tu es sûre que ça va aller, bébé ?

— Certaine ! Va… dis-je de façon théâtrale en lui indiquant la porte.

— Bon, ben, salut ! Je te laisse annoncer la nouvelle à tes parents.

— Évidemment. Et je rassemblerai tes affaires. Je les déposerai chez les tiens.

— Ils risquent d'être déçus, tu ne crois pas ?

— Nous n'avons jamais fait de grands projets. Je suis certaine qu'ils s'y feront très bien, dis-je, un brin sarcastique.

— D'accord, alors j'y vais ?

— Oui, vas-y ! Tu connais le chemin. »

Punaise, il est toujours là, avec des yeux de merlan frit. Pitié, pourvu qu'il ne change pas d'avis. La main sur la poignée de ma porte, il ne se décide pas à quitter la pièce. Pourtant, je vous promets que je ne fais rien pour le retenir. En mode cocooning, vêtue d'un jogging, même pas maquillée, je suis loin d'être sexy.

« Est-ce que je peux te serrer une dernière fois dans mes bras ? demande-t-il, penaud.

— Ça, d'accord... »

Il s'approche de moi et délicatement, m'enlace. Il enfouit sa tête dans mon cou, respire mon odeur. Il pèse un âne mort, l'enfoiré. Je le porte de tout son poids. Bon, OK, là, ça suffit.

Posé sur la table de chevet derrière moi, mon portable se met à biper. Avec ce balourd qui m'étreint, il m'est impossible de me tourner pour regarder qui me cherche. Lentement, Benjamin se relève, ses yeux se posent sur mon téléphone puis croisent enfin les miens. Cette fois, ils n'évoquent pas de la tendresse mais plutôt une certaine incompréhension :

« C'est qui, Léo ? »

Je ne vais quand même pas me justifier auprès de lui ! Si seulement il était déjà parti. À quelques secondes près, il n'en aurait jamais rien su. Je soupire.

« Cela ne te regarde pas. Au revoir, Benjamin. »

Fier et hautain, il me jette un regard méprisant avant de quitter la chambre sans se retourner.

Je l'entends saluer de loin mes parents, mais aucun d'eux ne lui répond. Mon père somnole dans le canapé et ma mère s'affaire à la cuisine. Personne ne le retient. Ouf, bon vent !

13

Liliane

Je suis contente que Justine et Milou soient de retour à la maison, le silence commençait à me peser. Tous deux s'empressent de venir me faire des câlins. Comme c'est agréable ! Justine n'est pas si démonstrative d'ordinaire, mais là, elle est heureuse. Elle me prend dans ses bras, me soulève et me fait tournoyer. Milou, dans nos jambes, jappe comme jamais.

« Dis donc, qu'est-ce qui vous arrive à tous les deux ? Vous n'êtes pas partis depuis si longtemps, pourtant ! Vous ai-je manqué à ce point ?

— Mamie, je crois que je dois te remercier. Grâce à toi, je suis libérééééée, délivréééééée, je ne mentirai plus jamais… chante-t-elle, théâtralement.

— Hein ? Tu ne tournes pas rond, ma petite-fille !

— Libérééééée, délivréééée… C'est décidé, je m'en vais…

— Mais où vas-tu ?

— Oh, Mamie, fais un effort ! C'est la chanson de *La Reine des neiges*…

— Ah oui, je connais *La Reine des neiges*. Mais quel est le rapport ?

— Benjamin ! Grâce à toi, il m'a quittée ! Je suis libérééééée, délivréééée… En fait, il m'a trompéééééée.

— Oh, le fumier ! »

Justine s'arrête immédiatement de chanter et me regarde en biais, d'un œil inquisiteur.

« Mais dis donc, toi ! Tu ne crois pas que tu aurais pu m'en parler ? me demande-t-elle, tout à coup très sérieuse.

— Mais… de quoi ?

— Du fait qu'il est venu à la fac, lundi. Qu'il discutait avec une charmante demoiselle et que tu lui as gentiment conseillé de se la faire…

— Justine ! Je ne parle pas de la sorte. Je ne lui aurais jamais dit des choses pareilles !

— Mamie, on s'en fiche ! Peu importe ce que tu lui as dit. Tu as eu raison de le faire, merci. Il ne s'est pas battu pour moi. Il n'avait aucun projet pour nous. Je ne suis même pas certaine que ce que je ressentais pour lui était de l'amour.

— En effet, je te trouve bien trop heureuse pour quelqu'un qui vient de se faire plaquer…

— C'est vrai ça, et c'est encore grâce à toi ! Et à Charles. Votre histoire m'a ouvert les yeux, Mamie. Et surtout, elle m'a mise sur le chemin de Léo !

— Ah, Léo… J'aurais dû m'en douter.

— Et devine quoi, Mamie !

— Oh, tu m'inquiètes… Je le connais, ce petit air coquin… Qu'est-ce qu'il y a ?

— Léo nous propose de partir à Vienne pour découvrir la maison de Charles.

— Tu n'es pas sérieuse, j'espère ?

— Si ! Le week-end prochain ! répond-elle, hystérique.

— Et que voudrais-tu que nous allions faire dans la maison de Charles ? » m'énervé-je en quittant la pièce.

L'enthousiasme de Justine disparaît d'un coup, comme si elle avait huit ans et que je venais de lui annoncer que le Père Noël n'existait pas. J'y suis allée un peu fort, certes, mais franchement, elle ne le connaît même pas, ce Léo ! Si ça se trouve, il ne vaut pas mieux que Benjamin. Sans compter qu'il habite à Paris, lui. Ces jeunes ont vraiment des idées saugrenues. Cela leur arrive de réfléchir avec leur tête, plutôt qu'avec leur cœur ?

Découvrir la maison de Charles… Et puis quoi, encore ? Aller pleurer sur sa tombe ? Jamais ! Il devait revenir… Il avait promis… Il m'a abandonnée.

Justine

Mince, je viens de prendre une claque. Les mots de ma grand-mère, pourtant toujours calme, viennent de me frapper violemment. Je l'entends marmonner dans la cuisine. Sa vaisselle prend cher. *Pim, pam, poum*, les portes de placards claquent. Jamais je ne l'ai vue si contrariée. Je trouvais l'idée de Léo plutôt chouette, quand bien même j'aurais sûrement refusé son invitation : je suis en plein dans les révisions, même si cela ne se voit pas, et une semaine avant la date, il est probable que les vols coûtent un œil et un bras. Bref… autant de raisons pour lesquelles j'aurais dit non, de toute façon. D'ailleurs, il attend une réponse parce qu'il doit s'organiser aussi. C'est ce qu'il mentionnait dans son dernier message.

Mais d'abord, je dois apaiser les tensions avec ma grand-mère. Je la rejoins dans la cuisine.

« Tu sais, Mamie… Je comptais bien lui dire non, pour Vienne. »

Ma grand-mère ne se retourne pas mais je distingue un petit haussement d'épaules. Elle lave des tasses déjà propres : c'est typique, ça, elle ne sait pas rester sans rien faire, surtout quand elle est énervée. Il faut qu'elle s'active pour évacuer la pression. Je lui explique en souriant :

« Je ne connais ni Léo ni son père… Tu imagines la situation ? On se pointe à Vienne, devant la maison de Charles, et là, tu balances : "Hé, salut, j'étais sa fiancée en mille neuf cent…", combien déjà ?

— Cinquante-huit, bougonne-t-elle.

— Ça fait un paquet d'années, quand même ! OK, je reprends : "J'étais la fiancée de tonton Charles en 1958. Je vous présente ma petite-fille, on s'est dit que ce serait sympa de vous donner un coup de main pour vider l'appart. Et au cas où il y aurait un trésor, j'ai le droit à ma part, pour préjudice moral suite à son abandon."

— Comme c'est drôle ! lance-t-elle, ironiquement. En revanche, j'adorerais visiter la ville. C'est sûrement une très jolie capitale. Et le château de Sissi, j'en rêvais quand je regardais ces films à la télévision. Et l'Opéra, j'aimerais tellement y voir un ballet… déclare-t-elle, songeuse.

— Alors, maintenant, tu veux y aller ? » plaisanté-je.

Elle se retourne et me regarde avec de gros yeux tout en souriant. Ça y est, on a fait la paix.

« On ira un jour, mais pas pour ça.

— D'accord, Mamie. J'en prends bonne note. »

C'est décidé, un jour, nous irons là-bas. Je l'embrasse sur la joue et fonce m'isoler dans les toilettes pour lire mon message tranquillou. Je constate que Léo est connecté sur Messenger. Pourvu qu'il soit derrière son écran à attendre ma réponse. Pleine d'espoir, j'écris :

Salut Léo ! Désolée de t'avoir fait poireauter tout ce temps. J'avais quelques trucs à régler.

Des pointillés s'affichent… Génial, il est en train de me répondre !

Hé, coucou ! Rien de grave, j'espère…

Non, juste une rupture.

Bim ! C'est l'occasion idéale de l'informer de mon statut de jeune célibataire.

Ah… quand même… Et ça va ?

Ça nous pendait au nez depuis un moment. Pour l'instant, cela ne me fait ni chaud ni froid.

Et toi ? pensé-je sans l'écrire. Je meurs d'envie de le savoir, mais je ne peux décemment lui demander s'il est en couple ou s'il a une copine, sans passer pour une fille intéressée. En tout cas, sur son profil, rien ne semble l'indiquer. Oui, bon, j'ai cherché, et alors ? Il fallait que je sache à qui j'avais affaire. C'est normal. Les pointillés s'activent à nouveau.

Pourquoi ça n'allait plus entre vous ?

Tu es bien curieux, je trouve. Je ne sais pas… Ce n'était pas le bon.

C'est une bonne raison. Et moi ? Tu ne veux pas savoir s'il y a quelqu'un dans ma vie ?

Danse de la joie : évidemment que je veux le savoir ! Il devine tout ce que je pense, c'est dingue, ce gars a un don de télépathie. Je feins l'indifférence en répondant :

Puisque tu en parles, oui, pourquoi pas ? Vingt-sept ans, c'est l'âge de raison, il y a sûrement une madame Bernard ? Ou une future, non ? Ou peut-être un monsieur ?

Cette éventualité me briserait le cœur. Les pointillés clignotent pendant trois plombes. Il a sûrement raccroché, ou bien sa moitié est apparue dans son champ de vision, a surpris nos échanges ambigus et vient de l'assommer avec une massue avant de découper son corps en morceaux et de venir me débusquer pour en faire de même avec moi. Mais que fabrique-t-il, bon sang ? Pourquoi met-il autant de temps à répondre ? Incapable de me contenir davantage, je relance l'échange :

Toujours là ?

Yes, mais occupé.

OK. Je voulais juste te dire qu'on ne t'accompagnera pas à Vienne cette fois-ci. Mais ce n'est que partie remise (j'espère). Bonne soirée.

Il n'était donc pas en train de m'écrire un roman. Dommage, j'aimerais vraiment qu'il me raconte sa vie, en long, en large et en travers. J'ignore pourquoi ce garçon m'attire autant. Nous avons une chance sur mille de nous croiser. Monter à Paris n'est pas prévu au programme avant… Ce n'est pas prévu tout court. Vraiment… Je ne sais pas ce qui me prend. Pire qu'une ado.

Catherine

Dimanche soir. On dirait une adolescente. Je sais que je verrai Pierre demain matin et je suis dans tous mes états. Mais à quelques mètres de moi, Patrice est sombre, éteint, et ça me fait mal au cœur de le voir comme ça. J'aimerais tendre ma main pour saisir la sienne, mais je n'y parviens pas. Il n'a pratiquement pas quitté le canapé depuis que je suis rentrée de chez ma mère. Il s'est levé une seule fois, pour attraper une bière dans le frigo et se préparer un sandwich, sans me demander si j'avais l'intention de cuisiner. Parfait, ce n'était pas au programme, je n'ai pas faim. Pour rassurer Justine et ma mère qui me regardaient sans arrêt, il faut dire que je me suis gavée à midi. J'ignore ce qu'elles se sont imaginé : que je suis alcoolique, anorexique ou boulimique. En tout cas, elles n'ont cessé de m'épier durant tout le repas. N'empêche que j'ai encore fait très fort en me trompant de prénom. Pauvre Patrice… S'il savait comme je m'en veux.

Je m'approche un peu plus de lui, provoquant un grognement de sa part.

« Patrice, tu viens te coucher ?

— Vas-y, toi. Moi, je ne suis pas fatigué, dit-il en fixant la télévision d'un regard vide.

— Comme tu voudras. »

Je le laisse là, triste, étendu sur ce vieux canapé sur lequel nous faisions des galipettes, fut un temps. Je voudrais encore l'aimer, mais mon cœur bat pour un autre. J'en suis profondément désolée.

Liliane

Justine s'est endormie sur mon lit, entourée de Milou et de ses livres. Les révisions ont eu raison d'elle. Je pose toute la paperasse par terre et pousse délicatement ma petite-fille pour me faire une place et m'allonger à ses côtés. Je l'observe en train de dormir. C'est fantastique de l'avoir près de moi. Elle pourrait me reprocher de ronfler, d'avoir le sommeil agité ou de sentir la naphtaline, que sais-je ? Mais non, elle dort paisiblement dans le lit d'une vieille dame terrifiée par l'abandon. La solitude est sans aucun doute ce qu'il y a de plus pesant lorsqu'on vieillit. Les autres, les plus jeunes, ont bien plus intéressant à faire. Comme je les comprends ! Je pensais cela aussi quand j'avais encore ma mère. Je n'avais pas conscience qu'elle était seule. Je n'avais pas de temps à lui consacrer. Je n'avais d'ailleurs pas de temps à me consacrer à moi-même : je travaillais, je courais tout le temps. Et elle, elle ne semblait heureuse que lorsqu'elle était entourée. Je comprends mieux aujourd'hui.

Sous l'oreiller, le téléphone de Justine ne cesse de vibrer. Visiblement, quelqu'un essaie désespérément de la joindre. Je jette un coup d'œil mais l'écran est verrouillé. En appuyant partout, je parviens à l'allumer. Je vois le début de plusieurs messages :

Léo Bernard

Dommage pour Vienne, j'aurais aimé…

Ben chéri

C'est bizarre de savoir que c'est fini…

Maman

Tu me manques, ma Juju <3 <3 <3

Ce dernier message me fend le cœur. Ma fille écrit à sa propre fille. Ma mère ne me disait jamais qu'elle m'aimait et je n'ai pas pris le pli de le dire à mes enfants. Pourtant, Dieu sait si je l'aime, ma fille. Comme j'aime mon fils, d'ailleurs. Une boule se forme dans ma gorge, m'empêchant presque de respirer. Est-il trop tard pour changer ? Serai-je capable de leur dire tout mon amour, un jour ? Avant qu'il ne soit trop tard…

14

Liliane

Cette nuit, Charles n'était pas seul dans mon rêve. Il y avait avec lui une très jolie jeune fille aux longs cheveux blonds qui m'observait et souriait. Pourtant, la situation n'avait rien de particulièrement gai : comme les fois précédentes, Charles montait dans son train et disparaissait. La jeune fille est restée là un moment, seule, puis elle s'est évaporée à son tour.

« Justine chérie, il est l'heure. Tu vas être en retard.

— Il est quelle heure, Mamie ?

— 6 h 30. Allez, debout !

— Quoi ? 6 h 30 ! hurle-t-elle. Mais je n'ai cours qu'à 9 heures. Il est bien trop tôt, laisse-moi dormir encore, marmonne-t-elle en enfouissant sa tête sous l'oreiller.

— Justine, il faut que je te raconte mon rêve… »

D'un bond, elle se met en position assise, s'étire, se frotte les yeux et constate qu'elle porte ses vêtements de la veille.

« Oui… tu t'es endormie en révisant.

— Punaise, j'étais vraiment claquée. Alors, c'était

quoi ce rêve, Mamie ? J'espère que tu ne m'as pas réveillée pour rien. »

Je lui raconte ce dont je me souviens, par bribes. Elle se gratte la tête, perplexe.

« Cette blonde, elle était plutôt jeune ? me demande-t-elle.

— Difficile à dire, mais oui, elle devait avoir ton âge.

— Et ses yeux ? Tu as pu voir s'ils étaient clairs ou foncés ?

— Plutôt clairs, je dirais. Elle ressemblait à un ange. Elle était ravissante, très souriante.

— Tu te rappelles comment elle était habillée ?

— Tu m'en poses des questions ! Non ! Charles montait dans le train, tu penses bien que je n'ai pas observé les habits de la fille, j'avais autre chose à faire », dis-je, comme si c'était une évidence.

Justine

Cette fille dont parle Mamie me rappelle la jeune femme que j'ai rencontrée dans les toilettes de la fac. Je sais, c'est du délire total. C'est même carrément flippant. Je suis sûrement encore en train de dormir. Je me rallonge et ferme les yeux, certaine de me réveiller dans quelques minutes, m'apercevant que cette conversation n'était pas réelle.

« Mais que fais-tu ? me demande ma grand-mère.

— Mince alors ! dis-je en ouvrant un œil. Tu viens vraiment de me raconter ce que tu m'as raconté ?

— Oh là là… Toi, tu as un problème, ce matin. Tu as besoin d'un chocolat chaud et d'un bon petit déjeuner bien calorique. Tu veux que j'aille chercher des viennoiseries à la boulangerie ?

— Mamie, il est 6 h 30 !

— Le boulanger est matinal. Et Milou a besoin de sortir.

— Il peut faire son pipi du matin dans le jardin. Quant aux viennoiseries, laisse tomber, à ce rythme, je vais prendre deux kilos par semaine. Rappelle-moi le nombre de points de ton ami Weight Watchers pour un croissant, s'il te plaît !

— Huit points pour le croissant et onze pour la chocolatine. Tu veux savoir pour le pain aux amandes ? Tu vas prendre peur…

— Je ne suis pas fan des pains aux amandes, mais dis toujours.

— Dix-huit points !

— C'est dingue ! Tu les connais par cœur ?

— Disons que j'ai retenu ceux qu'il vaut mieux bannir de son alimentation.

— OK, mais revenons à nos moutons, Mamie. Moi aussi, j'ai un truc à te dire. »

Je sors de mon portefeuille le bout de papier que « la blonde des toilettes » (ainsi baptisée puisqu'elle n'a pas jugé utile de me communiquer son prénom) m'a confié avec le numéro de téléphone de la médium et le tends à Mamie.

« Qu'est-ce que c'est ? m'interroge cette dernière.

— Bah, un numéro de téléphone !

— Je le vois bien, merci ! Mais à qui appartient-il ?

— Mamie Li, tu promets de ne pas me prendre pour une folle ?

— Juju, tu m'inquiètes vraiment. Est-ce que tu as de la fièvre ? dit-elle en posant sa main sur mon front. Non. Tu as consommé quelque chose d'illicite cette nuit ? »

J'explose de rire. Mamie sait très bien que je ne touche à aucune drogue et que je n'ai même jamais fumé une cigarette de ma vie. Le seul pétard que j'ai fumé m'a rendue tellement malade que je n'ai plus jamais réitéré l'expérience. Bon, ça, elle l'ignore et je ne compte pas le lui avouer.

« Non, non, Mamie, je vais parfaitement bien. Ce numéro, c'est la jeune fille de ton rêve qui me l'a donné, vendredi.

— La… jeune fille… de mon… rêve ? Qu'est-ce que tu racontes ? Tu ne peux pas l'avoir vue *en vrai*. Je ne la connais pas, ni toi non plus. Je vais appeler un médecin. Si je fais le 15, on pourra parler à quelqu'un rapidement. Tu délires, ma pauvre enfant.

— Mamie, pose ce téléphone ! dis-je calmement. Ne dérange pas le 15, c'est inutile, je me sens bien, je t'assure. Laisse-moi t'expliquer. J'aurais dû t'en parler vendredi soir, quand je suis rentrée des cours, mais j'ai oublié et ça me paraissait anodin à ce moment-là. Moi aussi, j'ai rêvé d'elle. »

Liliane

Qu'est-ce que c'est que cette histoire de fous ?

J'écoute attentivement Justine me rapporter ce qu'elle a vécu dans les toilettes de la faculté lorsqu'elle a reçu le message de Léo lui apprenant que Charles était décédé depuis plusieurs semaines. Comment cette inconnue, dont la description correspond à la jeune fille de mon rêve, a-t-elle pu surgir de nulle part et la faire parler alors qu'elle n'en avait pas envie ? La mort n'existerait pas et nous pourrions contacter Charles grâce à la médiumnité… Je ne connaissais même pas ce terme. Tout ça est bien étrange. Pourtant, je ne peux pas nier que cela m'a aussi traversé l'esprit. Depuis quelque temps, je me dis qu'il y a forcément une explication à ce que Charles persiste à me rendre visite pendant mon sommeil.

Je mets un peu de temps à analyser toutes ces informations. Le message arrive lentement à mon cerveau, je ne suis plus toute jeune. Face à mon silence, Justine me demande :

« Qu'est-ce que tu en penses, Mamie ? As-tu envie de tenter l'expérience ? »

Toujours muette, je relève une de mes manches pour lui montrer mon avant-bras couvert de chair de poule.

« Je sais, c'est flippant, mais je suis curieuse… Tu imagines ? Te reconnecter avec Charles et comprendre enfin pourquoi tu ne l'as jamais revu.

— Je ne sais pas, Juju. J'ai peur. Peux-tu me laisser y réfléchir ?

— Bien sûr, Mamie Li. De toute façon, Charles est déjà mort, ta décision ne le fera pas revenir. Tu as tout le temps qu'il faut, lance-t-elle, un brin ironique.

— Ah ah, très drôle. Range ce papier, veux-tu ! Sait-on jamais, si Milou avait une petite faim. Il mange tout ce qu'il trouve, ce glouton. »

Le chien, qui comprend qu'on parle de lui, se met à aboyer.

« Oh, putain ! s'exclame Justine en découvrant l'heure. Cette fois, je vais être en retard, c'est clair ! ajoute-t-elle avant de filer à la salle de bains.

— Attention, tu vas t'appauvrir si tu persistes à dire des gros mots…

— Pardon, Mamie Li ! » hurle-t-elle, déjà sous la douche.

Catherine

Ce matin, Patrice a quitté la maison sans un bruit. Il a passé la nuit sur le canapé. Je le sais car son côté du lit n'était pas défait. Il a repassé sa chemise, pris son café sans préparer le mien et je n'ai rien entendu.

Contre toute attente, j'ai dormi comme un loir et rêvé de Pierre. Il me faisait des choses pas très respectables, si vous voyez ce que je veux dire. J'ai maudit le réveil qui a sonné la fin de nos ébats imaginaires. Alors que je rougis en y repensant, les yeux perdus dans le vide, Nathalie se pointe dans le bureau.

« Eh ben, toi ! s'exclame-t-elle en s'approchant pour m'observer de plus près. Les pommettes roses, le souffle court, les pupilles dilatées… Tu as fait des folies de ton corps ce week-end ! Je me trompe ?

— Oui, tu te trompes bien comme il faut ! C'était

un week-end horrible. Je suis presque contente de revoir ta tête, ce matin, dis-je en lui faisant la bise.

— Ça fait plaisir… Tu es en pleine forme, à ce que je vois. Ton prince charmant est-il arrivé ?

— Chuuuut ! Pas encore.

— Tu progresses ! Tu n'essaies même plus de me faire croire qu'il n'y a rien entre vous. Alors, raconte ! Vous avez baisé, ça y est ?

— Qu'est-ce que tu peux être lourde, Nathalie !

— Qu'est-ce que tu peux être prude, Cathy ! Allez, raconte, c'est le désert dans ma vie sexuelle. Ma dernière fois remonte à… au moins deux semaines ! » se plaint-elle comme si c'était la fin du monde.

J'éclate de rire. Ma dernière fois remonte à bien plus longtemps, si l'on exclut mes rêves érotiques avec Pierre. Patrice prétend m'aimer mais ne me touche plus depuis des mois.

« Il n'y a rien à raconter, dis-je sèchement.

— Même pas un tout petit truc croustillant ?

— Nan… Désolée de te décevoir. Je te l'ai déjà dit, je suis mariée et il n'y a rien entre Pierre et moi. »

Mon téléphone sonne. C'est lui. Je n'ai pas enregistré son numéro, de peur que Patrice ne tombe dessus, mais je le connais par cœur.

« C'est Pierre ?

— Oh, fous-moi la paix, Nath ! »

Je fonce vers la photocopieuse pour m'isoler et surtout échapper aux oreilles de ma commère de collègue, avant de décrocher et de dire d'une voix hyper-sensuelle :

« Allôôô…

— Salut, répond-il d'une voix d'outre-tombe.

— Oh, toi, tu es malade.

— Bien vu, chuchote-t-il. Je suis au fond de mon lit, impossible de venir travailler aujourd'hui. Mais tu me manques cruellement et j'ai absolument besoin d'une infirmière. Peux-tu venir de suite ? Je risque de ne pas m'en sortir tout seul, tu comprends ?

— Pierre !

— Je suis désolé, Cathy, j'ai exprimé à haute voix le fond de ma pensée. Je te demande pardon. En revanche, je ne viendrai pas au bureau aujourd'hui, ça c'est sûr. »

Je lui manque « cruellement »... Il me fait fondre.

« Tu t'arrêtes quelques jours ? demandé-je plus sérieusement.

— J'en ai bien peur. L'épidémie de grippe est au plus haut et je crois ne pas y avoir échappé. J'ai mal partout. J'ai des vertiges. J'ai chaud, j'ai froid... C'est à peine si je tiens debout.

— Tu ne voudrais quand même pas me la refiler ?

— ...

— Pierre, tu es là ?

— ...

— Pierre !

— Oui, Cathy, je suis là... »

J'entends son souffle qui s'accélère. Il m'inquiète tout à coup.

« Cathy... Je deviens dingue. J'ai besoin de te voir. Deux jours sans toi, c'est déjà horrible. Je ne tiendrai pas quelques jours de plus, lance-t-il, tel un drogué en manque.

— C'est sûrement la fièvre qui te fait délirer. Tu as de la fièvre, Pierre ?

— Je n'en sais rien… C'est vrai que je suis un peu chaud.

— Avale un cachet, prends un bain pour faire descendre la température…

— À une condition : que tu le prennes avec moi.

— Pierre ! Tu avais dit que tu serais patient !

— Je m'excuse, Cathy… mais j'ai passé mon week-end à penser à toi, à nous. J'ai tellement envie de…

— Non ! le coupé-je. Ne le dis pas, je t'en prie. Tu crois que c'est facile pour moi ? Moi aussi, je pense à toi tout le temps. Figure-toi que j'ai même appelé mon mari Pierre, vendredi soir. Il fait la gueule, depuis…

— Il y a de quoi… lâche-t-il.

— Je pense à toi chaque minute. Je rêve de toi, toutes les nuits. Si je m'écoutais, on serait déjà ensemble dans ta baignoire, mais je ne peux pas tromper mon mari. Je ne peux pas, même si j'en crève d'envie, je ne veux pas… » dis-je avant de lui raccrocher au nez.

« Je suis désolée », murmuré-je en regardant mon téléphone. Je m'effondre le long du mur, fixant l'écran. Un premier SMS arrive immédiatement :

Pardon. Je t'aime

suivi d'un autre avec son adresse. La joie se mêle à la tristesse et, sans que je puisse les retenir, mes larmes ravagent le maquillage que j'avais pris grand soin d'appliquer pour plaire davantage à l'homme que j'aime. Tout le monde est malheureux à cause de moi : Patrice, Pierre, et ne parlons même pas de moi.

15

Justine

Les jours défilent à toute vitesse. Je me jette corps et âme dans les révisions de mes partiels. Mamie est adorable, elle prend soin de moi et me laisse dans le calme le plus complet la plupart du temps pour me permettre de travailler. Je me sens bien chez elle. Je vois peu mes copines, m'éternise le moins possible à la fac après les cours, évitant soigneusement toute discussion concernant ma récente rupture avec Benjamin. Elles ne comprendraient pas ce revirement de situation sentimentale : depuis le temps que je les bassinais avec « l'homme de ma vie » et mes grandes tirades sur l'amour avec un grand A… Je ne sais pas qui j'essayais de persuader, dans le fond.

Ma seule distraction, et non des moindres, ce sont les multiples messages échangés avec Léo. Je ne sais pas où cela nous mène, vraiment… A priori, je n'irai jamais vivre à Paris et il n'aurait aucun intérêt à descendre à Toulouse. Non, mais n'importe quoi… Vous m'entendez, là ? Je ne comprends même pas comment je peux imaginer de telles inepties. Je perds la raison, je crois. Personne ne sait rien, seule Mamie peut percevoir mes sourires lorsque j'échange avec lui. Je ne suis pas discrète : je mime les smileys ! Plus d'une fois, elle m'a surprise en train de faire des clins d'œil à mon téléphone ou de lui envoyer des baisers, la bouche en cœur.

Une chose est sûre, Léo me plaît beaucoup. Nous passons des heures à nous dévisager par caméra FaceTime interposée, et si aucun de nous n'a évoqué une quelconque attirance pour l'autre, je considère que dès lors qu'on échange plus de dix fois par jour, c'est qu'on est cuit. Quelle délicieuse sensation que de plaire ! J'avais oublié toutes les émotions que ça produit : le cœur qui palpite, les frissons qui parcourent mon corps, la chaleur qui m'enveloppe lorsqu'il me parle. Il faut qu'on se voie. En chair et en os, je veux dire. Mais j'ai peur : et si j'étais déçue ? Et si je ne lui plaisais pas en réalité ?

Liliane

Augustine est venue prendre le thé et jouer aux cartes. Augustine, c'est ma plus vieille amie. Avec son mari, Marcel – paix à son âme –, ils vivaient non loin de notre maison dans la campagne toulousaine. Elle aussi a déménagé lorsque son mari est décédé, il y a deux ans. Elle habite désormais à quelques rues d'ici. C'est toujours un immense plaisir que de partager du temps ensemble : yoga le mardi et jeux de cartes le jeudi.

Aujourd'hui, je suis la grande gagnante à la belote. Augustine montre quelques signes de faiblesse, aussi cessons-nous de jouer pour discuter. Tout en soufflant doucement sur mon thé brûlant, je lui demande :

« Cela t'arrive de rêver de ton mari ?

— De temps à autre. Et toi ?

— Non, Francis vient rarement me rendre visite.

— Pourquoi cette question, Liliane ? Quelque chose te tracasse ?

— As-tu déjà songé à consulter un médium pour communiquer avec Marcel ?

— Oh, grand Dieu, bien sûr que non ! Je n'en ai jamais ressenti le besoin. Marcel est mort pendant son sommeil, les mains jointes sur la poitrine. Il avait l'air serein, apaisé. Au petit matin, quand j'ai vu qu'il ne se levait pas, je n'ai pas tout de suite compris qu'il était parti. Son heure était venue, tout simplement. Nous nous réjouissions d'avoir pu vivre tout ce temps ensemble. Nous avons eu la chance de fêter nos noces de diamant : soixante ans de mariage, c'est très rare. Je savais que l'un de nous partirait un jour avant l'autre, et j'espère bien le rejoindre quand mon tour viendra.

— C'est beau…

— Tu sembles bien pensive, ma Liliane.

— Ce serait trop long à t'expliquer… mais trouverais-tu étrange que je le fasse ?

— Que tu fasses quoi donc, ma chère amie ?

— Consulter un médium.

— Tu aimerais avoir des nouvelles de Francis ?

— Ce n'est pas de Francis dont j'aimerais avoir des nouvelles, mais d'un autre.

— Ça alors ! Je ne t'ai connue qu'avec Francis. J'ignorais l'existence d'un autre homme dans ta vie. Un amant secret ? Tu es une sacrée cachottière, dit-elle, subitement tout émoustillée.

— Enfin, que vas-tu t'imaginer, Augustine ? C'était bien avant l'arrivée de Francis dans ma vie.

— Encore mieux ! Alors, confidence pour confidence, moi aussi, j'ai eu quelques fiancés avant Marcel.

— Quelques ? Eh bien, on en apprend tous les jours.

— Mais chut, hein… Marcel n'en a jamais rien su. Je lui ai dit que j'étais vierge… chuchote-t-elle. Pourvu qu'il ne m'entende pas de là où il est, s'inquiète-t-elle en levant les yeux en direction du plafond. Et je voudrais bien avoir de leurs nouvelles. Alors, si tu en prends de ton ancien petit ami, pourras-tu lui demander comment se portent Joseph, Louis et Georges, et s'ils sont encore en vie ? »

J'éclate de rire et Augustine me suit bien volontiers. Comme deux gamines prises en faute, nous reprenons la partie, plus complices que jamais.

Catherine

Pierre n'est toujours pas revenu au bureau, il est arrêté toute la semaine pour cause de grippe carabinée. Effet collatéral : j'ai perdu ma joie de vivre et sûrement quelques grammes supplémentaires, puisque je ne mange plus ses viennoiseries au petit déjeuner. Chaque jour, il m'envoie un mot d'amour par SMS accompagné de son adresse, comme une invitation au péché. Dès réception, je supprime tout : j'ai tellement peur que mon mari ne tombe dessus. Bien sûr, j'ai appris son adresse par cœur.

Patrice semble aller un peu mieux. Sa nomination au poste de directeur régional d'exploitation accapare tout son temps. Mardi soir, il en avait oublié qu'il boudait. En rentrant, il s'est installé à table et m'a raconté sa journée avec un entrain que je ne lui connaissais plus depuis longtemps. Et puis, quand il s'est aperçu qu'il m'adressait de nouveau la parole, ce qui n'était sans doute pas au programme initial, c'est à Antoine qu'il s'est mis à parler.

Au boulot, les locaux sont quasi vides, cinquante pour cent des collègues sont portés disparus : épidémie de grippes et de gastro. Nathalie est absente aussi. Elle me manque, cette folle. Je n'aurais pas cru dire un jour une chose pareille ! C'est à elle que je pense lorsque Xavier, mon chef, débarque dans le bureau, en s'écriant :

« Catherine, rentre chez toi ! Prends un max de vitamine C. J'ai besoin de toi en pleine forme, demain. Moi, je fonce chez le docteur.

— Tu ne te sens pas bien ?

— Pour l'instant, ça va, mais je préfère prendre les devants. »

Xavier est un poil hypocondriaque. Je me permets de lui glisser un conseil :

« Pourquoi tu vas chez le médecin si tu n'es pas malade ? Tu risques de choper les microbes des autres patients présents dans la salle d'attente, c'est idiot !

— Ah oui, tu as raison ! Dans ce cas, je vais faire venir le docteur à la maison. Je te remercie pour cette idée judicieuse. Qu'est-ce que je ferais sans toi ? Profites-en pour rentrer plus tôt. Je ne serai pas aussi sympa tous les jours. Allez, file !

— Mais il n'est que 17 heures… J'ai un peu de boulot, quand même…

— Comme tu veux ! Moi, je ne suis plus là. À demain. »

Xavier quitte le bureau et me laisse toute seule. En y réfléchissant bien, ne serait-ce pas un manque de professionnalisme de ne pas obéir à mon chef ? Ni une ni deux, j'éteins mon ordi, je mets en place le transfert d'appels vers mon mobile par pure conscience professionnelle et je quitte mon poste. Moi aussi, j'ai quelque chose à faire.

Liliane

Grâce à son humour pince sans rire, Augustine m'a aidée à prendre une décision : nous contacterons la médium. Après tout, il faut oser dans la vie, et vu mon âge, je ne suis pas si impressionnable. Ce sera une expérience atypique. Qu'est-ce que j'ai à perdre ? Au pire, elle ne changera pas le fil de ma vie, au mieux, j'aurai quelques réponses. Autant tenter !

J'ai hâte que Justine rentre pour lui apprendre la nouvelle. Elle ne devrait plus tarder. En attendant son retour, je nous prépare une bonne soupe. Il fait un froid de gueux, dehors. Aux informations, ils annoncent l'arrivée de la neige.

Catherine

Il fait très froid. Quelques flocons voltigent dans l'air. Un épisode neigeux est prévu pour les jours à venir.

Je suis passée à la pharmacie, j'ai acheté une bouteille de vin et quelques douceurs. Pierre habite tout près du Capitole. Cela fait cinq bonnes minutes que j'attends devant chez lui. J'essaie de me persuader que je suis juste venue rendre visite à un copain, mais appuyer sur cet interphone me semble impossible. Allez, courage, Cathy, tout est une question de volonté : si tu veux qu'il ne se passe rien, il ne se passera rien.

Quelqu'un arrive d'un pas pressé, compose le code pour déverrouiller la porte qu'il me tient poliment. Cette fois, je ne peux plus me défiler. Je prends sa suite, découvrant une petite cour intérieure.

« Merci, dis-je discrètement.

— Je vous en prie. Avec ce froid, il vaut mieux se mettre au chaud.

— Vous avez raison, réponds-je en explorant les boîtes aux lettres.

— C'est Pierre que vous venez voir ?

— Euh, oui… Comment avez-vous deviné ? »

Le garçon se met à rire, laissant apparaître une

dentition ornée d'un appareil dentaire. C'est un gamin, sûrement un étudiant logé là pour ses études.

« C'est simple, il y a quatre appartements dans cette maison : l'un est vide ; un autre est occupé par une vieille dame hyperactive ; Pierre a le sien et l'autre, c'est le mien. D'ailleurs, il m'a demandé de lui faire quelques courses. Vous savez qu'il a la grippe ?

— Euh… Oui, c'est pour ça que je viens le voir.

— C'est sûr, le vin est un bon remontant », dit-il en regardant mon cabas.

Je rougis. Quelle idiote je fais ! J'ai l'impression qu'il est écrit sur mon front : « Je suis amoureuse de Pierre. Je viens me jeter dans ses bras ! » Pourvu que ce garçon ne connaisse pas mes enfants, le monde est petit. Se faire surprendre est vite arrivé. Oh, mon Dieu…

« Dites ! Ça vous embêterait de lui donner ça de ma part ? me demande-t-il en me tendant un sachet. Je ne tiens pas à choper sa grippe. Avec les partiels et tout, ce n'est pas le moment de tomber malade. Il ne m'en voudra pas si c'est vous qui lui apportez ses courses, lâche-t-il en souriant.

— Euh, non… Aucun problème.

— Son appartement est juste là. Il me doit douze euros et des poussières ; le ticket de caisse est dans le paquet.

— Pas de souci. Je transmets.

— Super ! Passez-lui le bonjour de ma part. Bonne soirée ! » lance-t-il avant de disparaître dans l'escalier.

Désormais chargée d'une mission, je ne peux plus faire machine arrière. J'enfile le masque anti-microbes que j'ai acheté à la pharmacie et frappe à la porte.

« Dylan, entre ! C'est ouvert ! » crie Pierre.

J'inspire un bon coup et pénètre dans l'arène. La chaleur de l'appartement me saute au visage. Je découvre un petit couloir joliment décoré. Aucune chaussure abandonnée sur le sol. Les clés se trouvent dans un vide-poche posé sur une console en bois scandinave. Bref, c'est accueillant et ordonné. J'aime bien.

« Pose les courses sur la table, s'il te plaît ! Je mate une série, tu veux te joindre à moi ? Il y a des canettes de Coca dans le frigo, sers-toi si tu veux.

— Euh… bof, je ne bois pas de Coca à cette heure, ça m'empêche de dormir, dis-je d'une voix mal assurée.

— Qui est là ? » lance Pierre.

Il apparaît dans l'encadrement de la porte, en caleçon et t-shirt, un plaid jeté sur les épaules. Malgré ses cernes, je le trouve très séduisant avec sa barbe de trois jours. J'ai immédiatement envie de me lover contre lui, mais je me retiens. Il éclate de rire.

« Catherine ! C'est toi ! Qu'est-ce que c'est que ce masque ? Tu t'es prise pour une Japonaise ?

— Ah, ah, très drôle !

— Avoue que c'est tout ce que tu as trouvé pour résister à l'envie de m'embrasser… dit-il en s'approchant dangereusement.

— Vous prenez vos rêves pour des réalités, cher monsieur, dis-je en mentant très mal. C'est surtout pour ne pas attraper votre grippe.

— Bien sûr ! Quelle surprise ! Je ne m'attendais pas à te voir.

— Tu pourras remercier Xavier : je ne sais pas ce

qui lui a pris, il m'a presque forcée à rentrer chez moi. Alors, je me suis dit que j'allais passer te voir… Ça te fait plaisir ?

— Tu n'imagines pas à quel point. Je vais envoyer de suite un SMS à Xavier pour le remercier, dit-il en attrapant son téléphone qui traîne sur la console.

— Mais…

— Je plaisante, Catherine. Je n'ai même pas son numéro. Tu es vraiment trop mignonne avec ton masque… » dit-il en caressant ma joue.

Ce simple contact provoque en moi un désir insoutenable. Pourquoi suis-je venue me jeter dans la gueule du loup ? Pourquoi ?

« Euh, je crois qu'il vaut mieux que j'y aille…

— Comment ? Laisse-moi au moins te montrer mon palace, dit-il en attrapant ma main glacée. Tu as déjà trouvé la cuisine, et en face, c'est la salle à manger et le séjour. Ici, c'est la chambre de mon fils, et là, la salle de bains et les toilettes. Et le meilleur pour la fin : tadam ! Voici ma chambre et son lit hyperconfortable. J'espère que tu auras l'occasion de le tester bientôt.

— Pierre, arrête de plaisanter ! Je ne devrais pas être ici.

— Mais tu es là quand même, dit-il en plongeant ses yeux clairs dans les miens. Je te promets de ne rien te faire. Rien dont tu n'aies envie. Je suis juste super heureux de te voir. Tu m'as tellement manqué. Reste un peu, s'il te plaît, m'implore-t-il.

— D'accord ! Mais tu gardes tes distances, c'est compris ? J'ai croisé ton petit voisin, Dylan, je suppose.

Il m'a demandé de déposer les courses chez toi, elles sont sur la table.

— Je ne lui ai jamais demandé d'acheter du vin ni des pâtisseries ! dit-il en découvrant les provisions. Qu'est-ce qu'il a foutu ?

— Euh, non, ça, c'est moi qui l'ai apporté.

— Ah, merci. C'est adorable, il ne fallait pas.

— J'en avais très envie, dis-je en regrettant aussitôt l'ambiguïté de ma phrase.

— Tu devrais retirer ton manteau. Installe-toi sur le canapé. Fais comme chez toi, j'arrive tout de suite. »

Je lui obéis. Je l'entends déboucher la bouteille et verser le vin dans la foulée. Il ne tarde pas à me rejoindre, pose le plateau sur la table basse et me tend un verre en levant le sien :

« Il va falloir que tu enlèves ton masque si tu veux le goûter. Tchin ! À l'instant présent ! »

J'ai perdu l'usage de la parole tant mes sens sont en émoi. Pierre se tient à quelques centimètres de moi, son visage penché vers le mien. Mes yeux s'attardent sur la zone défendue. Je détourne le regard mais ce mouvement ne lui échappe pas. Il sourit. Je retire le masque pour tremper mes lèvres dans le liquide liquoreux. J'avale quelques gorgées qui me brûlent l'œsophage tant j'ai la gorge serrée. Mon pouls bat la chamade. Pierre retire doucement le verre qui tremble entre mes doigts et murmure :

« Cath, ferme les yeux. »

Je savais bien que je n'aurais jamais dû venir, je suis incapable de lui résister. Devant mon hésitation, il ajoute :

« Je ne te toucherai pas, je te le jure. »

Rassurée, j'exécute sa demande. J'essaie de me détendre et de calmer ma respiration qui trahit mon trouble et mon excitation.

« Ouvre la bouche », me susurre-t-il sensuellement.

J'ai confiance en lui. Il a juré qu'il ne me toucherait pas. Avec une infinie délicatesse, il dépose une framboise dans ma bouche.

« Hmmm… »

J'entrouvre les lèvres pour l'inviter à poursuivre cette dégustation inattendue. Cette fois, du chocolat fond sur ma langue. Je devine l'intérieur de la religieuse au chocolat, mon dessert favori. Je sens une légère pression de son doigt venu déposer la crème sur ma lèvre inférieure. Les yeux toujours clos, je l'implore de continuer :

« Encore… »

Quiconque entendrait ce mot, échappé dans un gémissement, s'imaginerait que nous faisons l'amour. D'une certaine façon, c'est l'impression que j'ai. Je suis près de craquer. J'ai même peur d'ouvrir les yeux, tant mes lèvres ont faim des siennes. Jamais je n'avais senti de désir physique aussi irrésistible. Mon corps tout entier le réclame et m'entraîne vers le sien. Quand le chocolat frôle à nouveau ma bouche, le désir est si violent que j'emprisonne malgré moi son doigt entre mes lèvres. Pierre le retire aussitôt et s'écrie dans un sourire :

« Tsss tsss tsss… Tu ne respectes pas les règles du jeu. Cela dit, tu sembles apprécier le chocolat.

— C'est vilain de ta part de faire une chose pareille

à une pauvre femme sans défense... dis-je sans ouvrir les yeux.

— Tu n'es pas une pauvre femme, tu es une femme merveilleuse. Ouvre ! La bouche, pas les yeux ! » précise-t-il.

J'obéis, curieuse de découvrir une autre saveur. Qu'avais-je acheté déjà ? Ah oui, une religieuse au chocolat, un éclair au café, une tartelette aux framboises et une tarte au citron. Je trouve son petit jeu délicieux. Peu importe ce qu'il mettra dans ma bouche, je suis bien décidée à lui mordre le doigt pour le punir de me faire autant languir.

« Aïe ! grogne-t-il.

— Désolée... C'était trop tentant. »

Cette fois, j'ouvre les yeux, impatiente de croiser son regard, de deviner ses pensées. Il est dans le même état que moi : vêtu d'un simple caleçon, il avait peine à le cacher. Je rougis et surveille ma montre. J'ai peur, j'ai envie, j'ai mal, je suis bien. Mes pensées s'emballent. On se dévore littéralement des yeux lorsque mon téléphone se met à biper, nous faisant sursauter tous les deux.

« Mon Dieu... »

Je me lève d'un bond, vacillant sur mes jambes tremblantes. Je découvre un message d'Antoine :

T où ? On mange quoi, ce soir ?

« C'est qui ? demande Pierre qui est resté dans le canapé.

— C'est mon fils. Il faut que je rentre », dis-je en rejoignant la porte d'entrée, mon manteau sur les épaules.

En un rien de temps, Pierre se retrouve à mes côtés.

« Tu ne veux pas rester encore un peu ? Tu n'as pas fini ton verre…

— Non, vraiment, il faut que j'y aille. Désolée.

— Tu repasses demain ?

— Non, Pierre.

— Merci d'être venue.

— Merci à toi. À lundi. »

Je me hisse sur la pointe des pieds pour lui faire une bise sur la joue. La seconde suivante, je suis sur son palier et j'ai claqué la porte derrière moi.

Lundi, c'est dans une éternité.

Liliane

Ma soupe embaume toute la maison. Justine va l'adorer ! Il est bientôt 19 heures, elle ne devrait plus tarder. La table est mise, tout est prêt.

Mon portable sonne. Augustine m'informe qu'elle est bien rentrée chez elle, c'est notre petit rituel. D'habitude, elle raccroche au bout de quelques sonneries, mais là, elle insiste, alors je décroche.

« Allô !

— C'est Augustine.

— Je le sais bien ! Mon petit-fils a enregistré une photo de toi. Quand tu m'appelles, ta trombine apparaît. Tu es rentrée ? Tout va bien ?

— Je crois que j'ai vu ta fille.

— Catherine ?

— Tu en as d'autres ?

— Roooh, ce que tu peux être désagréable ! Et où l'as-tu vue ?

— Elle vient de sortir de mon immeuble. Elle ne m'a pas vue, elle semblait pressée. J'ai été étonnée de la trouver là. Je n'ai pas osé l'aborder, mais je suis certaine qu'il s'agissait de ta fille.

— C'est impossible ! Catherine doit être rentrée chez elle à cette heure.

— Elle aurait pu rendre visite à un ami. Sais-tu si elle connaît Dylan ou Pierre ?

— Comment veux-tu que je le sache ? Catherine ne me dit pas tout. Tu as dû te tromper. Elle n'a rien à faire près de chez toi. Ce n'est pas sur son chemin, loin de là.

— Pourtant, cette femme lui ressemblait comme deux gouttes d'eau.

— Le froid a dû te geler quelques neurones, vieille chouette. À mardi, au yoga, si la météo le permet !

— Je te tiens au courant. Au revoir. Et vieille chouette toi-même, va ! »

Je raccroche en souriant. Néanmoins, quelque chose me perturbe. Pierre… N'est-ce pas comme cela que Catherine a appelé Patrice, l'autre jour ? « Pierre, Patrice, c'est presque pareil », a-t-elle dit quand je le lui ai fait remarquer… Oh, mon Dieu ! Catherine aurait-elle un amant ? C'est impossible, ma fille ne ferait jamais une chose pareille !

Prise d'un mauvais pressentiment, je compose immédiatement le numéro de son domicile.

« Allô ! répond une voix masculine.

— Patrice ?

— Non, c'est Antoine.

— C'est Mamie, mon chéri. Ta mère n'est pas là ?

— Salut, Mamie. Non, elle n'est pas encore rentrée. Je lui ai envoyé un SMS mais elle ne répond pas. J'ai faim, moi !

— Viens manger avec nous, si tu veux. J'ai fait de la soupe. Ta sœur va arriver d'une minute à l'autre.

— Oh non, flemme de sortir. Il pèle dehors.

— Alors prépare le dîner ! C'est bien de savoir se débrouiller tout seul.

— Elle ne devrait pas tarder. Je préfère l'attendre.

— Ah, ça… c'est sûr ! Et ton père ?

— Papa rentre super tard depuis qu'il a été promu.

— Ton père a été promu ? Pourquoi personne ne m'a rien dit ?

— On a dû te le dire, Mamie, t'as peut-être juste oublié.

— Hé ! J'ai encore toute ma tête, jeune homme ! Dis plutôt que je suis la dernière roue du carrosse. Là, d'accord !

— Ce n'est pas de ma faute, Mamie.

— C'est vrai ! Quand ta mère rentre, dis-lui de me téléphoner, s'il te plaît.

— D'accord, Mamie. »

Je raccroche, inquiète et énervée.

Catherine

Les flocons sont de plus en plus nombreux. Pour l'instant, la neige ne tient pas, mais si ça continue, les déplacements risquent d'être limités demain. J'ai décidé de rentrer à pied chez moi. Je mettrai plus de temps, mais j'ai vraiment besoin de prendre l'air pour refroidir mon corps en ébullition et retrouver mes esprits.

Je repense à ces quelques minutes passées chez Pierre. J'aime bien son « chez lui ». Hmmm, comme ces minutes ont été délicieuses. J'en ai encore des papillons dans le ventre. Je ne me pensais plus capable de ressentir de telles émotions. Le désir renaît quand je suis près de lui, il parvient à réveiller la femme qui sommeille en moi. Je ne pourrai pas résister longtemps… Il faut vraiment que je cesse de le voir, au moins le temps de savoir où j'en suis. J'aurais dû me douter qu'en lui rendant visite, je prenais le risque de dépasser certaines limites. Certes, il ne m'a pas embrassée, il ne s'est même rien passé, mais ces sensations provoquées par sa simple présence me mettent dans des états à peine croyables.

Je suis perdue dans des pensées peu avouables lorsque mon téléphone se met à sonner. Triste retour à la réalité : c'est ma mère.

« Maman ?

— Ah, Catherine. Mais où es-tu ?

— Je marche dans la rue, pourquoi ?

— Tout le monde te cherche partout.

— Qui c'est “tout le monde”, exactement ?

— Euh… Antoine et moi…

— Bah, vous ne m'avez pas bien cherchée. Je serai à la maison dans vingt minutes. Que se passe-t-il ?

— Euh… Rien. Étais-tu par hasard dans le quartier d'Augustine ?

— Je ne sais pas où habite Augustine, Maman. Je suis à quelques rues de la maison.

— Tu n'as pas pris le bus ?

— Non, j'avais peur qu'il ne reste coincé quelque part à cause de la neige.

— Ah… Tu aurais pu me dire que Patrice avait été promu, me reproche-t-elle passant du coq à l'âne.

— Je pensais te l'avoir dit. Patrice a été promu, te voilà informée, dis-je, agacée.

— Et sinon, tout va bien ?

— Oui, tout va très bien, Maman.

— Il faut te faire vacciner contre la grippe, hein ?

— Oui, Maman, c'est prévu. C'est tout ?

— Et Pierre… Est-ce qu'il va bien ?

— Pardon ? J'ai mal entendu… Tu me demandes comment va Patrice ? Je ne t'entends plus. Maman ? Je suis désolée, je dois raccrocher», dis-je en interrompant la communication.

Suis-je en train d'halluciner ? Je reste figée sur place, fixant le téléphone. L'image de ma mère apparaît de nouveau. Est-ce qu'elle a fait installer une puce sur ma petite culotte ? Ou un mouchard dans mon téléphone ? Est-ce qu'elle prêche le faux pour connaître le vrai ? J'ignore ses appels et me mets à courir de toutes mes forces, manquant à plusieurs reprises de me casser la figure.

Quand j'arrive chez moi, essoufflée, Antoine me bondit dessus.

« Maman, j'ai faim ! Qu'est-ce qu'on mange ? Ah oui, tu dois rappeler Mamie.

— J'adore ta façon d'accueillir ta mère… "Bonsoir, Maman, as-tu passé une bonne journée ?", ça te dit quelque chose ? Eh bien, tu n'as qu'à te cuire un œuf, moi, ce soir, je fais grève !

— Mais tu ne peux pas faire ça ! s'exclame-t-il, outré. Les mères ne font pas grève. Ça se peut pas !

— Si, ça se peut ! Et toi, as-tu passé une bonne journée, mon chéri ? demandé-je, ironique au possible.

— Pffff… Ma mère a pété un câble ! Je crois que cette famille est en train de se barrer en sucette.

— Surveille ton langage, s'il te plaît. Il est temps que tu apprennes à te débrouiller comme un grand, tu n'es même pas capable de préparer à manger. Tu sais quand même cuire des pâtes, non ? Tu mets l'eau à bouillir, tu sales…

— C'est bon, j'ai compris ! Je vais commander une pizza.

— Alors prends-en deux, ton père aura sûrement faim quand il rentrera. »

Sur ce, je file dans la salle de bains et, pour la première fois depuis des lustres, je me fais couler un bain.

Justine

Milou me saute dessus dès qu'il me voit. Ce n'est pas le cas de ma grand-mère que je trouve dans un état d'agitation inhabituel, blanche comme un linge et une ride profonde en travers du front. Elle pianote frénétiquement sur son téléphone et ne lève même pas les yeux vers moi quand je l'embrasse sur la joue.

« Ça va, Mamie ? Ne tape pas si fort sur l'écran, tu vas finir par le casser. Tu as un problème technique avec ton portable ?

— Non, ce n'est rien, grogne-t-elle.

— Je vois bien que quelque chose te préoccupe.

— Ça va passer. La soupe est chaude. Installe-toi ! m'ordonne-t-elle.

— Merci, ça va me faire du bien. Il fait tellement froid dehors. Tu as vu ? Il neige. »

Mamie me sert une grande assiette de soupe, m'embrassant sur le front au passage.

« Excuse-moi pour cet accueil déplorable. Cette histoire de téléphone m'a agacée. Comment s'est passé ton partiel ? me demande-t-elle, radoucie.

— Disons que c'est passé.

— Et demain, tu as un autre examen ?

— Oui, mais là, tout de suite, je préfère qu'on parle d'autre chose. Et ton après-midi avec Apolline ?

— C'est Augustine… Oui, je lui ai mis la pâtée à la belote.

— Ah, cool.

— Je ne sais pas si tu vas aborder le sujet mais… je suis d'accord.

— D'accord pour quoi, au juste ?

— Au sujet de la médium. Je veux bien que tu la contactes.

— Ah ! Je n'y pensais plus. Super ! Nous l'appellerons demain.

— Pourquoi pas ce soir, plutôt ? Il va sûrement falloir des mois pour obtenir un rendez-vous.

— Il est presque 20 heures. Ce n'est pas sûr qu'elle décroche.

— Eh bien, nous laisserons un message. Finis ta soupe, je vais chercher le numéro.

— Et toi, tu ne manges pas, Mamie ?

— Je n'ai pas très faim.

— Tu as tort de t'en priver ! À mon avis, il y a très peu de points dans cette soupe.

— Zéro ! Tu apprends vite, lance-t-elle depuis sa chambre.

— C'est parce que j'ai un excellent professeur ! » dis-je en me servant une autre assiette.

Mince alors… On va contacter la médium. Mamie Li me surprendra toujours.

Liliane

Je dépose la carte de visite à côté du téléphone de Justine, sur la table. Elle me regarde, pensive.

« Tu sais, Mamie, si tu n'en as pas envie, on n'est pas obligées. Tu as l'air très inquiète.

— Ce n'est pas à cause de cela.

— Ah bon ? Rien de grave, j'espère. Tu souhaites en parler ?

— Non, c'est trois fois rien… »

Je ne peux tout de même pas lui annoncer que sa mère nous trame quelque chose, qu'elle devait me rappeler et qu'elle ne l'a pas fait, et qu'elle fricote peut-être avec un autre homme que son père. Non, je ne peux pas… Intérieurement, je bouillonne. Je suis très en colère contre ma fille. J'espère qu'Augustine s'est trompée, que Catherine n'est pas en train de commettre une erreur et que cette histoire de Pierre n'est qu'une coïncidence.

« Tu as fini ? On peut l'appeler ? dis-je, pressée de passer à autre chose.

— OK… »

Justine compose le numéro et met le haut-parleur. Après quelques tonalités, une voix féminine décroche :

« Bonsoir ?

— Euh, oui, bonsoir. Je m'appelle Justine.

— Vous n'êtes pas seule, n'est-ce pas ? »

Justine ouvre de grands yeux, sa bouche entrouverte est incapable de prononcer un mot. J'ajoute :

« En effet, je suis à ses côtés, je suis sa grand-mère, mon nom est Liliane.

— J'attendais votre appel depuis plusieurs jours. Ils m'avaient prévenue.

— Euh, qui vous a prévenue ? osé-je lui demander.

— Ce serait beaucoup trop long à vous expliquer au téléphone. Nous devons nous rencontrer au plus vite.

— Ah bon ? Il ne faut pas des mois pour obtenir un rendez-vous ?

— Parfois non. Je serai près de chez vous la semaine prochaine.

— Comment savez-vous où nous habitons ?

— Je sais beaucoup de choses, grâce à eux.

— "Eux", c'est la police ? demandé-je, innocemment, provoquant les rires de notre interlocutrice.

— Non, Liliane, "eux", ce sont des défunts, répond la femme.

— Ah… »

Cette fois, c'est moi qui reste sans voix. Cet appel me fait froid dans le dos. La chair de poule a envahi mes avant-bras. Je ne suis plus si certaine de vouloir rencontrer cette femme, aussi gentille qu'elle semble être.

« Seriez-vous disponibles mercredi matin ? »

Justine me fait signe que oui.

« Très bien. Puisque vous êtes d'accord toutes les deux. Je vous communiquerai le lieu de rencontre dès que possible. Inutile de venir avec de l'argent, la consultation est gratuite.

— Mais… vous êtes certaine ? lui demande Justine.

— Absolument. J'ai ce don parce que je le pratique gratuitement. Si je me fais payer, il me sera retiré.

— Ah…

— Je vous tiens au courant pour le lieu.

— D'accord. Merci, madame.

— Vous pouvez m'appeler Valérie. Liliane, Justine, je vous dis à mercredi. Bonne soirée.

— Merci, Valérie », disons-nous à l'unisson.

Justine appuie sur le bouton pour raccrocher. Nous restons interdites durant de longues minutes. C'est l'expérience la plus insolite que j'aie jamais vécue. Comment cette femme pouvait-elle savoir que nous l'appellerions ensemble ? Elle sait même où nous habitons… C'est invraisemblable.

« Eh bien, Mamie, je crois que nous ne sommes pas au bout de nos surprises.

— N'en parlons à personne, veux-tu ? J'ai bien trop peur qu'on nous prenne pour des folles si cela venait à se savoir.

— Oui, tu as raison, Mamie. Motus et bouche cousue », conclut Justine.

16

Catherine

Dans ma tête, c'est l'apocalypse. Vendredi soir, Patrice est rentré avec un énorme bouquet de fleurs pour se faire pardonner d'avoir boudé pour « si peu », a-t-il dit. Je ne pouvais pas faire autrement qu'accepter ses excuses. Naturellement, il attendait qu'on se réconcilie sur l'oreiller. Pour tarir ses soupçons, j'ai donné de ma personne. Je n'ai pas eu à me forcer… Mon corps avait envie d'aimer et d'être aimé. Pendant l'amour, j'étais une autre femme, survoltée, affamée de désir. Le pauvre Patrice, surpris à plusieurs reprises, a dû se demander ce qu'il m'arrivait, loin de se douter qu'un autre homme habitait mes pensées pendant l'ouvrage. C'est moche. Je me dégoûte.

Plus rien ne va, ici : Justine vit toujours chez Maman et sa présence dans la maison me manque ; quant à Antoine, il fait sa vie, lui aussi. Après le coup de la pizza, il a découché tout le week-end. Il a peut-être une petite amie. Patrice et moi ne sommes pas sortis pendant deux jours. Avec la neige, tombée en masse, nous sommes restées cloîtrés chez nous. Résultat, j'ai dû répondre aux multiples sollicitations de mon mari, qui souhaitait profiter de la maison déserte pour rattraper le temps perdu et fêter nos retrouvailles.

C'est donc percluse de courbatures que j'ai repris le chemin du travail, en ce lundi matin, mais très motivée à l'idée de retrouver Pierre !

Sagement assise dans mon bureau, j'attends qu'il me fasse signe. J'ai un mauvais pressentiment. J'essaie de me concentrer sur le travail mais rien n'y fait. Nathalie, de retour après quelques jours d'arrêt, me jette des regards inquisiteurs. Elle commence à bien me connaître, elle a deviné mes angoisses. De son poste, elle m'adresse un petit sourire complice.

Incapable de me retenir plus longtemps, j'appelle Pierre sur son portable depuis ma ligne fixe. Je tombe directement sur sa messagerie et raccroche aussitôt. Il ne faut laisser aucune trace. J'appelle la *hotline*. Rien que le mot me fait sourire ! Il ne peut pas être plus explicite, ce matin : je veux entendre le son de sa voix, qu'il me susurre des douceurs dans le creux de l'oreille.

« Support bureautique, bonjour ! Que puis-je pour vous ?

— Bonjour… Euh… En fait, je cherche à joindre Pierre.

— Pierre ? Il me semble qu'il est en déplacement.

— Ah… Savez-vous quand il sera de retour ?

— Attendez, je me renseigne. Hé, les gars, vous savez quand ils reviennent de Belgique, les autres ? » l'entends-je demander à ses collègues.

En Belgique ? Mince… J'espère de toutes mes forces qu'il reviendra vite.

« Madame, il rentre mercredi soir.

— Ah… Ce déplacement était-il prévu ?

— Sans doute, oui. Toute une délégation s'est rendue dans la filiale belge. Mais on peut vous aider ?

— Non, ce n'est pas important. Merci pour ces informations et bonne journée », dis-je en raccrochant précipitamment.

Encore trois jours sans voir Pierre, ce n'est vraiment pas de chance. Pourtant, je devrais me réjouir, moi qui voulais une pause… C'est peut-être un mal pour un bien, j'y verrai sûrement plus clair d'ici là.

Justine

Voilà une nouvelle semaine de cours qui démarre. Avec Mamie, on n'a pas bougé du week-end. Benjamin m'a envoyé plusieurs messages. Il regrette, il veut qu'on se revoie… J'ai refusé net. Il ne me manque pas du tout, ni sa chambre ni sa batterie. Je crois que ses parents me manquent plus que lui, c'est dire ! Même à distance, je me trouve plus d'affinités avec Léo. Il est doux, gentil, infiniment drôle. On passe des heures à discuter, via Messenger la plupart du temps. Son père rentre de Vienne ce soir. Apparemment, il veut voir Léo dès que possible. Y aurait-il un lien avec Mamie ? Espérons que ce rendez-vous avec la voyante nous éclairera un peu…

Mamie et moi sommes à la fois surexcitées et curieuses : qu'allons-nous découvrir ? Pour ne pas paraître totalement naïves, nous avons regardé quelques reportages sur la médiumnité sur Internet. Je ne m'étais jamais intéressée à cela. C'est hyper-intrigant. J'espère que tout se passera bien.

« Mademoiselle Fortin, vous rêvez encore ? Le week-end ne vous a pas suffi ? Allez, au travail ! »

Argh… Décidément, je n'arrête pas de me faire remarquer en ce moment. Les autres élèves ricanent.

Catherine

Lorsque le numéro de Pierre apparaît sur l'écran de mon téléphone, je bondis de mon siège pour aller me mettre à l'abri à côté de la photocopieuse. Nathalie, à qui rien n'échappe, me lance :

« Bah voilà, tout vient à point à qui sait attendre. »

Pour seule réponse, je lui tire la langue, chose que je n'avais plus faite depuis mes dix ans. Je suis redevenue une vraie gamine, à cinquante-cinq ans. C'est pathétique.

« Oui, allô, allô !

— Salut, Cath, mon avion vient d'atterrir. Je suis vraiment désolé pour ce matin.

— Je me suis inquiétée. Que s'est-il passé ?

— Je suis arrivé de bonne heure au boulot. Mon boss était là avec sa valise. Quand il m'a vu arriver, il m'a dit : "T'as pas de bagage, toi ?" J'avais complètement zappé notre déplacement en Belgique ! J'ai dû retourner à la maison chercher des affaires. Avec cette foutue grippe, j'ai tout oublié. Et comme je suis plutôt perturbé en ce moment – à qui la faute, on se le demande bien –, je n'avais même pas noté ce voyage dans mon agenda. Bref, c'était la course !

— Insinuerais-tu que c'est ma faute ?

— Absolument ! Je te l'ai dit, tu me rends fou, Cath.

— Je ne pensais pas avoir autant de pouvoir !

— Plus que tu ne le crois ! Tu n'es pas revenue vendredi, ajoute-t-il avec une pointe de déception.

— Je t'avais prévenu, Pierre…

— Oui, mais j'espérais que tu changerais d'avis. Le week-end a été interminable. J'ai maté toutes les séries sur Netflix… J'étais super content ce matin de retourner au boulot, tout fier avec mes chouquettes pour ma douce. J'avais prévu de te serrer dans mes bras, même si tu risquais de me repousser légèrement. Je m'étais imaginé que tu m'aurais peut-être permis d'effleurer tes lèvres… Et toi ? Ça va ? Ton mari boude toujours ?

— Non. Nous nous sommes réconciliés, avoué-je à contrecœur.

— Ah… Putain, le veinard… Bon, il faut que je raccroche, les autres m'attendent, dit-il brusquement.

— Non, pas maintenant, je t'en prie ! Attends, juste quelques secondes…

— Je dois vraiment y aller.

— Dis-moi un truc gentil, s'il te plaît ! J'ai si peur que tu m'en veuilles.

— Cath, tu sais déjà ce que je ressens pour toi. Je dois te laisser. Je te rappelle plus tard, promis ! » dit-il avant de raccrocher.

Je voulais juste l'entendre dire qu'il m'aime. Quelle nunuche je fais ! Mon téléphone sonne à nouveau. C'est lui, c'est sûr ! Quelle déception en voyant la photo de mon mari apparaître à l'écran. Ressaisis-toi ! J'inspire un bon coup et décroche, l'air de rien.

« Allô ?

— Salut, qu'est-ce que tu fais de beau ?

— Euh… rien de spécial, des photocopies ! lancé-je en lançant des copies de n'importe quoi pour qu'il entende le bruit de la machine.

— Je voulais juste te dire que j'ai passé un super week-end, ma chérie.

— Ah, oui… Euh… Moi aussi…

— Bon, ben, à ce soir ? J'espère ne pas rentrer trop tard.

— D'accord, à ce soir.

— Je t'aime, Cathy.

— Merci, Patrice. »

Est-ce que je viens réellement de prononcer le mot « merci », là où il espérait entendre un simple « moi aussi » ? Je sais à quel point cela peut faire mal, mais je n'arrive plus à lui mentir. Et pourtant, je ne fais que ça. Quelle horreur ! Je me déteste.

Tout à coup, le souffle me manque. J'ai un coup de chaud. Ma tête se met à tourner violemment. Des palpitations pulvérisent ma poitrine. Je peine à retourner à mon poste.

« Catherine, qu'est-ce que t'as ? Tu es toute pâle. Oh, mon Dieu ! Appelez les secours », hurle Nathalie.

Liliane

Catherine a fait un malaise vagal. Elle m'a téléphoné

pour m'avertir qu'elle sortait de chez le médecin. Il lui a prescrit toute une batterie d'examens mais il est optimiste. Il pense que c'est bénin, juste un gros coup de fatigue. Du coup, elle est rentrée chez elle. Je lui ai proposé de la rejoindre pour lui tenir compagnie mais elle a refusé. Ma fille est une tête de mule, comme sa mère. Qu'à cela ne tienne ! Si elle ne veut pas de ma présence, je l'appellerai toutes les heures pour m'assurer qu'elle va bien. La connaissant, elle n'a peut-être même pas prévenu son mari.

J'appelle mon gendre, qui décroche à la première sonnerie.

« Bonjour, Liliane, que me vaut cet appel ? lance-t-il, jovial. Tout va bien ?

— Moi, ça va. Mais... es-tu au courant pour ta femme ?

— Quoi, ma femme ? Il est arrivé quelque chose à Catherine ?

— Tu n'es pas au courant, j'en étais sûre. Elle a fait un malaise vagal au travail.

— Mais ce n'est pas possible ! Qui suis-je pour elle ? Franchement ! Elle ne me dit jamais rien ! s'exclame-t-il avec colère.

— Patrice, calme-toi. Je suis certaine qu'elle ne voulait pas que tu t'inquiètes.

— Elle est où ?

— Elle est chez vous.

— Je rentre immédiatement !

— Non, surtout pas ! Elle serait fâchée contre moi.

— Je m'en tamponne ! Je suis furieux, Liliane.

— Raison de plus pour ne pas rentrer maintenant.

Écoute-moi ! Je la connais. Laisse-la se reposer. D'ailleurs, cela n'a rien à voir, mais je te félicite pour ta promo !

— Mouais…

— Tu n'es pas content ?

— Si…

— Mais ?

— Au niveau travail, tout va bien… mais… je ne sais pas, Liliane… C'est Cathy. Je la trouve bizarre, en ce moment. J'ai l'impression qu'elle est ailleurs… Pour être honnête avec toi, j'ai la trouille. Je pense qu'elle a quelqu'un…

— Mais non, ne t'inquiète pas. Tu sais, elle est à un âge critique. Et vous êtes ensemble depuis longtemps, c'est normal de connaître des hauts et des bas dans un couple. Je ne t'apprends rien. Ça va lui passer… »

Je me veux rassurante, mais ses craintes ne font que renforcer mes propres doutes.

« J'espère que tu as raison. Je serais foutu si elle me quittait.

— Pourquoi ferait-elle une chose pareille ? Allez, mon grand, arrête avec tes idées noires. Rentre tôt ce soir, fais-lui un bon petit plat. Les femmes sont sensibles à ces petites attentions.

— Je vais essayer… Merci de m'avoir prévenu, Liliane. Et de m'avoir écouté, surtout.

— Je suis une belle-mère teigneuse, mais tu sais que je t'apprécie. Tu es mon gendre préféré !

— C'est normal, tu n'en as qu'un !

— C'est vrai… mais tu es quand même mon préféré. Au revoir, Patrice.

— Au revoir, Liliane. »

La mélancolie m'assaille en raccrochant. J'éprouve une immense tristesse pour Patrice, d'autant que ses craintes ont l'air tout à fait fondées. J'ai comme l'impression que ma fille file un mauvais coton. Il y a anguille sous roche, ou plutôt, devrais-je dire, il y a anguille sous Pierre.

Catherine

Impossible de me reposer, ma mère m'appelle toutes les heures. J'ai fini par mettre mon téléphone en mode avion pour avoir la paix ! Patrice aussi m'a appelée, sur le fixe. C'est Maman qui lui a dit que j'avais eu un malaise. Pfff, de quoi se mêle-t-elle ? Surtout que je n'avais aucune intention d'en parler à mon mari. Je ne voulais pas qu'il s'inquiète, qu'il se pose des questions. C'est raté ! Il voulait rentrer dès que possible pour rester à mes côtés, mais je l'ai convaincu que ce n'était pas nécessaire. Si jamais un nouveau malaise se produisait, je saurais désormais comment y remédier. Il suffit de surélever ses jambes afin d'oxygéner le cerveau pour rétablir l'équilibre du système cardiaque. C'est Xavier, mon chef hypocondriaque, qui m'a appris cette technique. Et mon médecin me l'a confirmée. Lorsque Nathalie a hurlé qu'il fallait appeler les secours, Xavier est sorti de son bureau. Avec l'aide de Nathalie, il m'a allongée par terre, puis il m'a levé les jambes. Heureusement qu'il ne m'a pas fait de massage cardiaque ou de bouche-à-bouche…

J'aurais eu tellement honte que je n'aurais plus jamais osé mettre les pieds au bureau !

Et heureusement que j'étais en pantalon ! Pourtant, j'ai longtemps hésité ce matin : j'avais bien envie de porter quelque chose de plus sexy. Mais avec le froid annoncé, j'ai préféré jouer la sécurité. Oh là là ! Si j'avais été en jupe, ils auraient sûrement vu ma petite culotte…

Le médecin est confiant. Il a dit qu'en théorie, cela ne devrait pas se reproduire. Il m'a tout de même prescrit un arrêt de quelques jours, histoire de me reposer. Il m'a trouvé une petite tension. Je dois faire un bilan sanguin et un examen cardiaque. Si vous voulez mon avis, tout cela s'avérera inutile : je sais très bien ce que j'ai, et ça ne guérit pas avec une prise de sang et un électrocardiogramme… J'aurais préféré qu'il me prescrive de l'ambition, de l'audace, et une bonne dose de courage.

17

Justine

C'est le jour J. Comme convenu, nous avons reçu un SMS de la part de notre interlocutrice avec le lieu du rendez-vous. Après vérification sur Google, l'endroit existe bel et bien. Il s'agit d'une maison située dans un quartier pavillonnaire de Blagnac. Tout ce qu'il y a de plus normal. J'avoue que cela nous a rassurées. Et c'est seulement à une vingtaine de minutes de chez nous. J'emprunte la voiture de ma mère, c'est plus simple. Elle ne l'utilise presque pas. Elle prend les transports en commun pour aller travailler. D'ailleurs, en ce moment, elle ne va pas au bureau, elle est en arrêt maladie. Elle a eu un malaise, lundi, et le médecin lui a donné quelques jours de repos. Elle reprend demain, je crois. Quand elle m'a demandé pourquoi j'avais besoin de sa voiture, je lui ai dit que je devais aller chercher une amie qui a le pied dans le plâtre. Elle n'a pas cherché à en savoir plus. Ça m'a bien arrangée, je n'avais pas envie de lui mentir. Et pour justifier mon absence en cours, j'ai raconté à mes copines que je devais accompagner ma grand-mère faire un examen médical, ce qui n'est pas si loin de la vérité. Je les ai chargées d'enregistrer le cours, je l'écouterai plus tard. Heureusement, les partiels sont derrière nous. Et je ne manquerai pas grand-chose, je serai de retour en cours dès cet après-midi.

Sur le trajet, Mamie reste silencieuse. Elle regarde le paysage, les yeux dans le vague, bercée par Radio Classique. Je n'ai pas beaucoup dormi cette nuit, elle non plus d'ailleurs. Chacune dans son coin essaie d'imaginer ce que l'on va bien pouvoir découvrir lors de cette consultation spéciale.

« Vous êtes arrivés à destination », déclare la voix féminine du GPS.

« Nous y voilà, Mamie, annoncé-je en effectuant un créneau.

— Déjà ? s'étonne ma grand-mère. Je n'ai pas vu le temps passer. Dis-moi, elle connaît tous les endroits de la Terre, cette dame qui parle dans ton téléphone ?

— Je ne sais pas comment vous faisiez avant…

— Eh bien, avec une carte routière, pardi !

— Ça devait être pratique, tiens… Allez, c'est parti ! Ça va aller, Mamie Li ? demandé-je en posant ma main sur son genou.

— Tu parles à une vieille dame qui a *presque* vécu la Seconde Guerre mondiale, alors oui, bien sûr que ça va aller ! Ce n'est pas un petit médium qui va m'impressionner.

— J'adore ton "presque", Mamie… dis-je en souriant. Allons-y. »

Liliane

J'ai beau faire de l'humour, je n'en mène pas large. J'ai passé une nuit épouvantable et je me sens exténuée. Charles est venu me rendre visite à plusieurs reprises, mais c'était différent des autres fois. Jamais je n'avais entendu le son de sa voix dans mes rêves précédents. Cette nuit, à chaque fois que je m'assoupissais, il apparaissait et disait : « Je viens te chercher, demain. » J'espère que je ne vais pas mourir…

Justine sonne au portail. Une femme ouvre la porte de la maison et, d'un geste, nous invite à entrer.

« Entrez vite, mesdames ! Il fait très froid.

— Merci, disons-nous en chœur tout en rejoignant le perron.

— Vous devez être Justine et Liliane.

— Oui. Et vous, Valérie ?

— Non, non ! Valérie est une amie. Moi, je suis… Comment vous dire ? Je suis une intermédiaire. Appelez-moi Nicole. Je vous laisse patienter ici, dit-elle en nous faisant entrer dans un petit salon. Valérie se prépare. Un thé ou un café vous ferait-il plaisir ?

— Oui, un thé, bien volontiers, dis-je.

— Non, rien pour moi, merci, lance Justine qui ne masque pas son anxiété.

— Tout se passera très bien, mademoiselle. »

Justine hausse les épaules. J'espère que nous n'aurons pas à attendre longtemps. Pour m'occuper, j'observe la décoration. La maison est chaleureuse. Un feu crépite dans la cheminée. Tout est feutré, silencieux. Nous sommes confortablement installées dans un canapé très moelleux. Je pencherais bien ma tête sur l'accoudoir pour faire une petite sieste.

Quand Nicole revient avec le thé, elle est suivie de près par une femme. Je suppose que c'est Valérie. Elle a une quarantaine d'années, un joli visage, des cheveux châtain clair, coupés au carré. Ses petites lunettes lui donnent un air de maîtresse d'école. Elle est mince et élégamment vêtue. C'est une femme *normale*, en somme. Aucun signe extérieur d'une quelconque faculté de communiquer avec les morts. Je m'étais imaginé qu'une médium devait forcément être une vieille personne, à l'air sinistre, emberlificotée dans une toge de marabout. Je suis agréablement surprise : cette femme m'inspire confiance.

« Bonjour, je suis Valérie. Vous êtes sans doute Justine, dit-elle en lui serrant la main, et vous, c'est Liliane. Je suis enchantée de faire votre connaissance. On m'a beaucoup parlé de vous… enfin, surtout de vous, Liliane. Cela fait un moment qu'ils vous attendent », annonce-t-elle en s'installant dans un fauteuil, face à nous.

Calmement et avec une agilité déconcertante, elle dispose une à une plusieurs cartes sur la table basse qui nous sépare.

« J'utilise les cartes pour canaliser les esprits. Ohé… On se calme là-haut ! Dites donc, il y a du monde pour vous. Ce sera sans doute une longue séance… »

Justine et moi regardons le plafond, étonnées.

« C'est une image, il n'y a personne à l'étage. Quand je parle de "là-haut", ce sont d'autres sphères que j'évoque.

— Aahhh… disons-nous en même temps, encore plus perplexes.

— Comment allez-vous, mesdames ?

— Euh… Nous sommes très curieuses de découvrir comment vont se dérouler les choses, dis-je.

— N'ayez crainte, tout se passera bien. Laissez-moi faire. Vous, vous parlerez peu, et seulement lorsque je vous questionnerai, d'accord ? »

Justine et moi, obéissantes, hochons la tête.

« Les défunts me passent des messages que je me contente de vous transmettre. Connaissez-vous un certain Marcel ?

— Euh, non… s'empresse de répondre Justine.

— Si… Moi, j'en connaissais un : c'était le mari de mon amie Augustine.

— Il va bien. Vous le direz à sa femme.

— Oui, bien sûr. »

Valérie ferme les yeux et inspire profondément.

« Charles, cela vous parle, n'est-ce pas ? »

Je valide d'un clignement de paupières. Les battements de mon cœur s'emballent.

« Il est ici. C'est un bel homme. Il est jeune. Enfin, plus jeune que vous. Cela ne signifie pas qu'il l'est, mais c'est l'apparence qu'il a choisie dans l'au-delà. Il a les yeux verts, n'est-ce pas ?

— Oui, dis-je, stupéfaite.

— Il a un violon avec lui. Il me dit qu'il a été musicien toute sa vie, dans l'orchestre de l'Opéra Garnier, à Paris, longtemps, puis dans celui de l'Opéra de Vienne. Liliane, vous étiez sa muse. Vous êtes l'unique femme qu'il ait aimée.

— Ah… Il dit cela ?

— Chut… lance Valérie. Il me parle. Si vous me causez en même temps, je vais louper des informations.

— Pardon, pardon…

— Il vous a écrit de nombreuses lettres.

— Comment ça ? Je n'ai jamais rien reçu.

— Il le sait. Il l'a compris trop tard. Quand il a reçu le faire-part de votre mariage avec… Fra… Fran… François… non, Francis. C'est juste ?

— Oui, mon mari s'appelait Francis. Il est décédé.

— Charles ne voulait pas y croire. Pour en avoir le cœur net, il est venu le jour J… Attendez, il se rappelle la date… Le 14 septembre 1963, c'est bien cela ?

— En effet… confirmé-je, estomaquée.

— Il avait besoin de voir cela de ses propres yeux. Quand vous avez versé des larmes de bonheur au moment de l'échange des consentements, il a su que c'était trop tard. »

Justine s'est rapprochée de moi. Sa main qui serre fort la mienne n'empêche pas mes larmes de couler. Nous aurions dû enregistrer la conversation. Je veux me rappeler chaque parole prononcée par Valérie. Comment peut-elle être si précise ?

Justine

Mamie s'est mise à pleurer. La voir ainsi me bouleverse. Ce qui est en train de se passer sous nos yeux est à peine croyable. On est dans une autre dimension. En cinq minutes, cette inconnue vient de déballer une multitude d'informations que j'ignorais moi-même, comme la date du mariage de mes grands-parents. C'est dingue ! Bon, je ne pige pas tout. Où sont passées les lettres que Charles envoyait à Mamie ?

Valérie continue ses transmissions.

« Charles va bien, maintenant. Il vous caresse les cheveux. Vous le sentez ?

— Non… » avoue ma grand-mère.

Moi, je jurerais avoir vu une de ses mèches de cheveux bouger… Sûrement un courant d'air.

« Il veut que vous sachiez qu'il est revenu. Trop tard. Qu'il n'a jamais cessé de vous aimer mais que, persuadé que vous étiez passée à autre chose, il avait choisi d'abandonner. Ne pleurez pas, Liliane, dit-elle en lui tendant une boîte de mouchoirs. Il sait que vous avez été heureuse avec votre famille, vos enfants : une fille… Catherine, et un garçon, Maxime, non, Maximilien. Je vois un troisième enfant…

— Non, j'en ai eu deux.

— Vous avez fait une fausse couche, n'est-ce pas ?

— C'est vrai… dit-elle en reniflant.

— Charles veille sur vous et vos proches, c'est sa façon de se racheter. Il sait que vous êtes entourée et aimée. Vous avez cinq petits-enfants : deux filles et trois garçons. Et même une arrière-petite-fille. C'est bien cela ?

— Oui, c'est exact.

— Il vous demande pardon.

— Bien sûr que je lui pardonne ! s'écrie-t-elle.

— Merci, Liliane. Il est serein, maintenant. Il va pouvoir évoluer, changer de sphère. Il ne viendra plus vous importuner dans vos rêves.

— Si… Qu'il vienne ! Cela ne me dérange pas, rétorque Mamie.

— Il dit que la relève des sentiments est assurée. Les jeunes s'en chargeront.

— Ce qui signifie ? demandé-je.

— L'avenir vous le dira, Justine. On ne peut pas tout dévoiler. Le destin est tout tracé mais c'est à vous de faire vos propres choix. Suivez vos intuitions. Je peux seulement vous confirmer que vous avez eu raison de quitter votre petit ami.

— Mais… comment pouvez-vous savoir ça ?

— Chut ! Ne m'interrompez pas, s'il vous plaît.

— Excusez-moi.

— Liliane, Charles est sur le point de partir. Il dit qu'il aurait aimé que vous découvriez Vienne. Il espère vous revoir, aussi, mais pas trop tôt. Profitez de chaque instant et n'ayez pas peur de la mort. »

Mamie acquiesce puis lâche timidement :

« Dites-lui que je l'aimais, que je l'aime et l'aimerai toujours.

— Ce n'est pas nécessaire, il a reçu le message. Il est parti vers la lumière. »

Incroyable ! Quelle expérience ! Je suis sous le choc. Ma pauvre mamie a le visage baigné de larmes. Pourtant, je la sens apaisée. Je l'aide à se lever.

Liliane

Alors que je me relève péniblement avec l'aide de ma petite-fille, Valérie nous rappelle à l'ordre, étonnée :

« Mais où allez-vous ? Ce n'est pas fini ! Je vous ai dit qu'il y avait du monde pour vous », s'exclame-t-elle en battant les cartes.

Justine et moi nous rasseyons. Je me rends compte que mon thé a refroidi, je le bois d'un trait. Justine demande un verre d'eau. Nicole le lui apporte aussitôt.

« Au suivant, dit-elle en retournant d'autres cartes. Une dame d'une cinquantaine d'années, soixante peut-être, est ici. Elle a un prénom de fleur. »

Mon Dieu, ma mère s'appelait Marguerite.

« Savez-vous de qui je parle, Liliane ?

— De ma mère, peut-être ?

— Marguerite, n'est-ce pas ?

— Oui, c'est bien elle.

— Elle a les cheveux longs et détachés. C'est une belle femme, guérie de la maladie qui l'a emportée.

— C'est étrange, ma mère portait le chignon tout le temps.

— Oui, mais les défunts sont libres de choisir leur apparence ainsi que leurs activités. D'ailleurs, je vois qu'elle est entourée de livres.

— Vous êtes sûre que c'est elle ? Elle n'aimait pas lire.

— Dans l'au-delà, il n'est jamais trop tard pour se découvrir de nouvelles passions. Mais elle est bloquée entre deux sphères. Pour passer à la suivante, elle a besoin de votre pardon.

— Que voulez-vous dire ? Je ne comprends pas.

— Elle évoque une caisse… un garde-meuble.

— Je suis désolée, je ne vois pas de quoi vous parlez, Valérie. Pouvez-vous être plus précise, s'il vous plaît ?

— La caisse contient les lettres de Charles…

— Quel rapport ?

— Mamie, je crois que j'ai saisi. Ce que Valérie essaie de te dire, c'est que les lettres que Charles t'envoyait se trouvent dans une caisse stockée dans un garde-meuble. Mémé Marguerite devait les intercepter…

— Justine a vu juste. Votre mère s'en veut beaucoup. Elle dit que c'était pour votre bien et réclame votre pardon. »

La colère monte. Après les larmes, c'est maintenant la rage qui m'envahit. De quel droit ma mère a-t-elle pris les commandes de ma vie ? Jamais je ne lui pardonnerai.

« Est-ce que c'est elle qui a envoyé mon faire-part de mariage à Charles ? demandé-je.

— Elle confirme. Liliane, écoutez-moi. Si vous lui refusez votre pardon, elle ne pourra jamais progresser dans les sphères.

— Mamie, tu as été heureuse avec Papi ? intervient Justine. Tu disais toi-même, l'autre jour, que je ne serais pas née si tu n'avais pas épousé Papi et donné naissance à Maman.

— Oui… tu as raison, mais…

— Écoutez votre petite-fille, Liliane, c'était votre destin. Rien ne vous empêchera de retrouver Charles plus tard. Et Francis vous aimait beaucoup, lui aussi.

— Moi aussi, je l'aimais, mon Francis !

— Donc, tu peux pardonner à Mémé ?

— Oui, mais Charles a été malheureux par sa faute…

— Il est heureux, maintenant. Et il a connu une belle vie terrestre. Liliane, s'il vous plaît, le temps passe, je fatigue. C'est important pour votre mère. »

Ma vie défile à vive allure dans ma tête. Je me sens comme au bord d'un précipice, prise d'une envie irrésistible de sauter dans le vide pour mourir immédiatement, étrangler ma mère, et rejoindre Charles et Francis.

« Elle vous aimait très fort, ajoute la médium. Elle voulait vous garder près d'elle. C'est par égoïsme qu'elle a agi ainsi. Par amour, aussi. Que décidez-vous, Liliane ?

— Mamie, on fait tous des erreurs. Accepte ses excuses, je t'en prie… supplie Justine, les larmes aux yeux.

— Bien… Je l'excuse…

— Vous devez en être convaincue, sinon elle restera bloquée. »

J'ai à peine murmuré ma réponse, c'est vrai, mais c'est très dur. Je ferme les yeux. Ses derniers instants dans la chambre d'hôpital me reviennent à l'esprit. Elle ne pouvait plus s'exprimer correctement, mais maintenant que j'y repense, avant d'expirer, les yeux emplis de tristesse, elle avait bredouillé un dernier mot que je n'avais pas saisi à l'époque. Je viens de comprendre que ce mot était « pardon ». Cela me fait l'effet d'un électrochoc.

« Oui, Liliane, elle voulait tout vous avouer avant de partir. Mais elle était si diminuée physiquement qu'elle n'a pas pu, ajoute Valérie.

— J'accepte tes excuses, Mère, finis-je par articuler avec sincérité.

— Bien ! Marguerite sourit. Elle est lumineuse, rassérénée. Merci pour elle. Elle va poursuivre sa route. Attendez… »

Valérie ferme les yeux et se masse les tempes.

« Marguerite veut vous transmettre un message concernant votre fille. Elle dit qu'elle est dans la tourmente et que vous seule pouvez l'aider, explique-t-elle en me fixant.

— *Oh my God*, s'écrie Justine. Maman a des problèmes ?

— Oui, on peut dire cela. C'est à la fois simple et compliqué. Elle doit faire un choix, mais elle n'y parviendra pas toute seule. Elle a besoin de vous, de votre consentement. Discutez avec elle. »

L'inquiétude se lit sur le visage de Justine. Personnellement, je crois avoir saisi quel est ce choix qui perturbe tant ma fille. Le découvrir ainsi est bien surréaliste.

Je caresse la joue de ma petite-fille pour la rassurer :

« Tout ira bien, ma Juju. Ils veillent tous sur nous, là-haut.

— C'est exact, confirme Valérie. Je vous invite à prendre les choses avec sagesse et philosophie.

Détachez-vous des aspects matériels de la vie terrestre. Pour trouver la paix, partez en quête de votre bonheur intérieur, initiez-vous à la méditation, écoutez votre guide. Nous en avons tous un en nous. Certains l'entendent, d'autres pas. Parfois, il s'agit simplement de votre conscience et de votre intuition. Avez-vous une dernière requête, mesdames ?

— Oui. Est-ce que mon Francis va bien ?

— Il ne s'est pas présenté, signe que sa progression dans les sphères se déroule sans encombre. Mais il se peut qu'il ait déjà communiqué avec vous. Parfois, les défunts nous envoient des signaux. Soyez sensibles à votre environnement, aux petits bruits, au souffle du vent quand vous pensez à ceux qui ont disparu. Les animaux sont aussi extrêmement réceptifs. Vous avez un chien, je crois ?

— C'est exact.

— Parfois, il est survolté sans raison apparente, n'est-ce pas ? En fait, les animaux ressentent la présence des âmes de nos défunts. Vos morts vous entendent et veillent sur vous, n'hésitez pas à les solliciter aussi souvent que vous le voulez, à travers des pensées ou des prières. Il n'est pas question de religion. De simples remerciements suffisent. Chaque épreuve dans la vie terrestre a un but bien précis d'évolution. Et puis, n'appréhendez pas la mort, c'est une renaissance et l'opportunité de vivre autrement et sereinement.

— Merci, Valérie, pour cette expérience très enrichissante. »

Je sens nettement deux mains se poser sur mes épaules. J'expire profondément. Valérie sourit. Cette femme a un don extraordinaire, elle capte tout ce qui se passe.

« C'est votre mère, Liliane. Vous la sentez, cette fois ?

— Je crois bien… »

Justine me fixe avec de grands yeux ahuris.

« Elle vous salue toutes les deux. Cette fois, ils sont tous partis. Nous sommes désormais seules. »

Justine

Quelle émotion ! Je ne savais pas à quoi m'attendre en venant ici, et je ne suis pas déçue. J'aurais dû enregistrer nos échanges. Je n'y ai pas pensé, tout est allé si vite.

D'abord, Charles, les lettres, Mémé… J'étais loin de me douter de tout ça. Et Maman, que lui arrive-t-il exactement ? Il me tarde d'en discuter avec Mamie. Tout cela est vraiment déroutant. Cette femme est géniale ! Quelle chance d'avoir la faculté de pouvoir aider les gens. Je trouve cela admirable.

« Voilà, mesdames. J'espère que cette conversation vous aura été bénéfique.

— C'est certain, répond ma grand-mère. Merci beaucoup. Vous êtes vraiment exceptionnelle. Depuis quand communiquez-vous avec l'au-delà ?

— Depuis toujours, mais il m'a fallu du temps pour l'accepter. C'est une expérience de mort imminente qui m'a ouvert les yeux. En 2004, j'ai eu un accident de plongée, je suis morte. J'ai traversé le fameux tunnel dont certains parlent. J'ai été accueillie par trois personnes qui ressemblaient à des moines. Celui du milieu m'a dit : "As-tu compris quelle est ta mission sur terre ?" J'avais saisi, il était temps d'assumer ce que j'étais vraiment. Depuis mon retour à la vie, j'exerce la médiumnité.

— C'est formidable. Merci infiniment, lance ma grand-mère.

— Sera-t-il possible de vous revoir ? demandé-je.

— Je ne préfère pas… Ces informations devraient vous permettre d'avancer. La médiumnité n'est pas un loisir à prendre à la légère, cela peut même être dangereux. Comme le monde terrestre, l'au-delà fourmille d'esprits malins ou mal intentionnés : ne faites jamais de séances de spiritisme sans être accompagnées d'un professionnel. Les défunts doivent poursuivre leur chemin sans être dérangés. Et si je peux me permettre, il ne faut pas les pleurer trop longtemps, sinon ils restent coincés et peinent à évoluer.

— Bien, madame, je comprends.

— Appelez-moi Valérie, je n'aime pas qu'on m'appelle "madame", ça me donne un coup de vieux ! Dites, Justine, avez-vous prévu de voyager bientôt ?

— Euh… Pas vraiment.

— Si, si, je le vois ! Vous devriez faire ce voyage, me conseille-t-elle en m'adressant un clin d'œil.

— Si vous le dites ! Vous voyez encore autre chose ?

— Quelques zones de turbulences à surmonter, mais au bout du compte, ceux qui s'aiment finissent toujours par se retrouver. Voilà, mesdames. »

Valérie se lève, signe que la séance est terminée.

Nicole nous raccompagne avec elle jusqu'à la porte. Nous les remercions d'une poignée de main chaleureuse.

À la sortie, une bourrasque nous fouette le visage. Malgré les températures hivernales, c'est un vent tiède, enveloppant et rassurant. Quelqu'un, là-haut, manifesterait-il sa présence ? Mamie doit se faire la même réflexion que moi. Je l'observe, elle me sourit, passant son bras autour du mien pour rejoindre la voiture. C'est étrange, je me sens différente, plus sage et plus mature.

Je m'installe dans la voiture et rallume mon téléphone afin de remettre en route le GPS. J'ai reçu un texto de Léo :

Coucou, pas de message aujourd'hui. J'espère que tu vas bien. Je t'embrasse très fort.

« À voir ton sourire, je devine que ce n'est pas Benjamin qui t'écrit…

— C'est Léo, Mamie. Et tu sais, ce voyage que Valérie vient de mentionner, eh bien… elle a vu juste : il faut que j'aille à Paris.

— Tu as raison, mon enfant, file rencontrer cet homme ! Te rappelles-tu les mots de Charles ? Il a dit quelque chose comme : "La jeunesse prendra la relève des sentiments."

— Punaise ! Tu penses qu'il parlait de Léo et moi ?

— Oui, j'en suis persuadée.

— C'était carrément dingue, Mamie, cette expérience ! Tu y crois, toi ?

— Difficile de faire autrement, c'était tellement précis. Allez, rentrons ! Dépose-moi chez ta mère, j'ai à lui parler. Quant à toi, tu retournes en cours et tu t'appliques : les études, c'est important.

— À vos ordres, chef ! »

Mamie est inquiète, et j'avoue que ces histoires de tourmente et de zone de turbulences me préoccupent aussi. S'il vous plaît, là-haut, faites que tout aille bien ! pensé-je en regardant les nuages qui se déplacent à vive allure.

18

Catherine

Habituellement, je n'échange pas de SMS avec Pierre, mais là, c'est plus fort que moi, on ne s'est pas vus depuis trop longtemps. Dans ma tête, je me repasse en boucle cette scène chez lui, ce moment où j'aurais craqué si Antoine ne m'avait ramenée à la réalité avec son message. Pierre rentre ce soir, son avion atterrit à 21 heures. Vivement demain, il me manque. Je ne m'explique pas ce qui me prend. J'ai l'impression d'être une adolescente qui découvre l'amour. Pourtant, j'éprouve toujours autant d'affection pour mon mari, qui se montre présent et attentif depuis notre réconciliation. Il est très inquiet depuis mon malaise et m'appelle plusieurs fois par jour alors qu'il ne le faisait jamais. Depuis lundi, il rentre tôt et se met même aux fourneaux, ce qui n'arrivait jamais non plus. Cette nouvelle situation n'arrange pas mon mal-être qui ne cesse de grandir. Je ne peux pas vivre avec un homme et penser à un autre, c'est immoral. Qu'est-ce que je dois faire ?

Tiens, quelqu'un frappe à la porte. Ma mère… Je lui avais pourtant dit que je n'avais besoin de rien.

« Bonjour ! Qu'est-ce que tu fais là ? demandé-je sur un ton peu accueillant.

— Bonjour, Catherine, dit-elle en m'embrassant tout en me serrant plus fort que d'habitude. Que faisais-tu ?

— Rien de spécial. Je me reposais. Tu es venue à pied ? Où est Milou ?

— Milou est à la maison. Je suis venue seule. Catherine, il faut que je te parle. »

Nous allons nous asseoir sur le canapé. Ma place est encore toute chaude, je n'en bouge pas beaucoup ces derniers jours. Que va-t-elle trouver à me reprocher aujourd'hui ?

Liliane

Je ne sais pas encore comment m'y prendre. Je n'ai jamais su lui parler et elle n'a jamais su m'écouter. Il y a fort à parier que mes mots auront des conséquences sur ses actes. Qui d'autre qu'une mère peut montrer le chemin à son enfant ? Si tu es là, Mère, je t'en prie, donne-moi la force de trouver les mots justes.

« Catherine, avant toute chose, sache que je t'aime plus que tout au monde.

— Qu'est-ce qui te prend ? Tu me fais peur. Est-ce que tu es malade ?

— Non, ne t'inquiète pas pour moi, je me sens bien. Mais je sais que ce n'est pas ton cas.

— Si, si, je vais très bien, se défend-elle, émue aux larmes.

— S'il te plaît, n'essaie pas de me mentir. Je sais tout. J'ai tout compris.

— Et qu'est-ce que tu as compris, au juste ? lance-t-elle avec une pointe d'agressivité.

— Catherine, tu aimes un autre homme, je suis au courant. Et tu ne vas pas bien, je le sens. Tu as beaucoup d'affection et de respect pour ton mari et tu ne peux te résoudre à le trahir. N'est-ce pas ? »

Elle est abasourdie. La carapace qu'elle s'était constituée vient de se rompre. Elle m'écoute attentivement, le souffle court. Je poursuis :

« Je t'ai élevée en t'inculquant les compromis et la résilience parce que j'ai moi-même été élevée comme ça. Il faut que je t'avoue quelque chose : quand j'ai épousé ton père, c'est à un autre que je pensais. Je n'en ai jamais rien dit à personne, parce que c'était mal et immoral, mais c'était le cas. Je m'en suis longtemps voulu même si j'aimais beaucoup ton père, paix à son âme, et j'ai mis du temps à guérir. Je ne veux pas que tu vives la même chose. Cela te rongera. Il vaut mieux avoir des remords que des regrets, crois-moi !

— Mais Patrice va souffrir.

— Parce que tu ne souffres pas, peut-être ? Et Pierre, il ne souffre pas, lui ?

— Comment sais-tu qu'il s'agit de Pierre ?

— Je suis ta mère. Je sais plus de choses que tu ne le crois.

— Il ne s'est rien passé, Maman. Je n'ai pas trompé Patrice. J'essaie de résister…

— Sois honnête avec toi-même. Et avec ton mari. Patrice est quelqu'un de bien, il ne mérite pas cela. Il est malheureux. Il a saisi qu'il se trame quelque chose, que tu lui échappes.

— Il t'en a parlé ?

— Oui, Patrice s'est confié à moi.

— Tu ne lui as rien révélé, j'espère ?

— Non, bien sûr que non. D'autant que je n'étais pas au courant, à ce moment-là, j'avais seulement quelques doutes…

— Mais alors, comment l'as-tu appris ?

— Si je te le disais, tu ne me croirais pas…

— Dis-moi comment tu l'as su, je t'en prie… J'ai besoin de comprendre. »

Catherine a l'air tellement désemparée. Je la crois sincère lorsqu'elle dit qu'elle ne veut faire souffrir personne, surtout pas son mari avec qui elle a tant vécu. Elle ne le déteste pas. Elle ne l'aime plus, tout simplement. Je dois l'aider à comprendre que rester pour éviter les qu'en-dira-t-on n'est pas la meilleure solution. Nos relations mère-fille n'ont jamais été idéales, mais avec l'intervention de ma mère, la situation pourrait changer.

Catherine

Comment ma mère peut-elle voir si clair en moi alors qu'elle a toujours mis de la distance entre nous ? Elle qui n'a jamais su me dire les choses sans hurler, sans imposer ses opinions. Elle qui s'entend mieux avec sa petite-fille qu'avec sa propre fille…

« S'il te plaît, Maman. Explique-moi… répété-je, presque implorante.

— D'accord, mais promets-moi de ne pas me prendre pour une folle.

— OK. Je te le promets, dis-je, sceptique.

— Eh bien… J'ai reçu un message de ta grand-mère, Mémé Marguerite. Elle m'a dit que tu avais besoin de moi, qu'il te fallait mon consentement pour avancer, pour faire un choix. Que j'étais la seule à pouvoir t'aider. Que je ne devais pas reproduire ses propres erreurs. Elle m'a demandé pardon. Je le lui ai accordé. Et me voici pour te soutenir. Je ne veux que ton bonheur, ma fille.

— Oh, Maman… dis-je en me jetant dans ses bras, en sanglots. Je ne veux pas vous décevoir. J'ai tellement mal, si tu savais…

— Je comprends. Cette douleur-là, je l'ai ressentie moi aussi, bien avant de connaître ton père. Elle est inhumaine. Parfois, il faut s'écarter du chemin pour atteindre son but. Si Patrice et toi êtes faits pour vous retrouver, vous vous retrouverez et il te pardonnera.

— Et si ce n'est pas le cas ?

— Eh bien, c'est que vous n'étiez pas faits pour finir votre vie ensemble. S'il t'aime, il te laissera partir. Franchement, mets-toi à sa place : aurais-tu envie qu'il reste si tu savais qu'il aime quelqu'un d'autre ?

— Non, je ne crois pas…

— Si tu es certaine de ton amour pour Pierre et qu'il est réciproque, dis la vérité à ton mari.

— Et les enfants ?

— Tes enfants sont des adultes. Ils s'en remettront.

— Je n'en reviens pas de t'entendre me dire tout ça…

— Je n'en reviens pas non plus.

— Merci, Maman.

— C'est Mémé Marguerite qu'il faut remercier. On croit que les morts nous oublient, mais c'est faux.

— J'irai mettre des fleurs sur sa tombe. Ça fait tellement longtemps que je n'y suis pas allée. Tu viendras avec moi ?

— Oh oui. C'est une excellente idée !

— Et si on y allait maintenant ? Ah, mince, j'ai prêté ma voiture à Justine.

— Le cimetière n'est pas si loin, allons-y à pied. Une promenade nous fera le plus grand bien. Dommage que Milou ne soit pas là. »

Liliane

En route pour le cimetière, nous nous arrêtons pour acheter une plante qui résistera à l'hiver. Catherine n'a pas lâché mon bras depuis la maison. J'ignore si mes paroles l'aideront à prendre une décision, mais j'ai le sentiment du devoir accompli. Il y a encore quelques heures, je l'aurais sûrement traitée de tous les noms et lui aurais fortement conseillé de sacrifier son amour pour Pierre et de rester avec son époux, quitte à ce qu'elle en souffre. Mais ce n'est plus ce que je souhaite. Elle a toujours été une femme respectable, une épouse aimante et une mère attentive. Il est temps qu'elle pense à elle, qu'elle suive les élans de son cœur, qu'elle vive pleinement son bonheur.

Devant la stèle où reposent mes parents aux côtés

de Francis, nous nous recueillons silencieusement. Je remercie encore ma mère pour la force qu'elle m'a donnée, la sagesse qu'elle m'a transmise aujourd'hui. Près de moi, Catherine ne peut retenir des gémissements étouffés. Elle n'est pas au bout de ses peines, je le crains. J'espère de tout mon cœur qu'elle surmontera cette épreuve.

Alors que tout est calme autour de nous, une bourrasque de vent chaud s'engouffre dans nos cheveux et nos jambes. Étonnée, Catherine s'accroche à mon bras. Je pose ma main sur la sienne pour la rassurer, intimement convaincue qu'il s'agit d'un message de nos défunts.

19

Catherine

Me recueillir m'a apporté une certaine sérénité. La présence de Maman et les mots qu'elle a su trouver m'ont fait beaucoup de bien. Je sais désormais que quoi que je fasse, elle ne me jugera pas. D'une certaine façon, elle m'a donné sa bénédiction. J'étais loin de me douter que cela puisse avoir autant d'importance à mes yeux. Je me sens soulagée d'un poids.

Après notre visite au cimetière, j'ai raccompagné Maman chez elle et nous avons avalé un reste de soupe. J'ai fait un énorme câlin à son chien. Je ne le touche jamais, d'habitude, mais j'avais besoin d'affection. En partant, j'ai serré ma mère dans mes bras en lui murmurant un timide « merci », puis je suis rentrée chez moi.

Devant mon portail, je constate que la voiture de Patrice est garée dans l'allée du garage. Je serais bien tentée de rebrousser chemin, mais je prends mon courage à deux mains et pénètre dans la maison. Il est temps d'arrêter de fuir.

Un sac de voyage est posé près de l'entrée.

« Patrice. Tu es là ? Tu pars en voyage ? »

Pas de réponse. Pourtant, il est assis sur le canapé et ne bouge pas d'un poil.

« Patrice ? » dis-je doucement en m'approchant de lui.

Je découvre son visage. Il a les yeux rougis de celui qui a pleuré. Je tente de lui prendre les mains, mais il repousse mon geste d'un mouvement violent qui me fait sursauter.

« Je sais tout, Catherine… »

Ah non, ça ne va pas recommencer ! J'ai à peine tourné le dos que ma mère m'a déjà vendue. C'est un cauchemar.

« Elle n'avait pas le droit ! C'était à moi de t'en parler.

— Ah, mais personne ne m'a rien dit, penses-tu ! On se garde bien de me confier ce genre de choses, à moi. Sauf que… tu as oublié un tout petit détail », lance-t-il en levant les yeux au ciel.

Je ne comprends pas où il veut en venir. Je n'ai rien laissé traîner et ne communique jamais avec Pierre. De quel détail parle-t-il ?

Je remarque alors que Patrice a les yeux fixés sur l'une des petites caméras disposées aux différents angles de la pièce. Bon sang, je viens de percuter. Patrice adore ce dispositif d'alarme : grâce à une application installée sur son portable, il peut surveiller à distance ce qui se passe dans la maison. Ce gadget permet de voir, mais aussi d'entendre tout ce qui se dit chez nous… Je baisse la tête en guise de capitulation.

« Tu comprends, maintenant ?

— Mon Dieu, Patrice, je suis désolée, tellement

désolée, dis-je en me jetant à ses pieds, en larmes. Je voulais t'en parler mais j'étais perdue. Je le suis toujours, d'ailleurs… Je ne voulais pas te faire de mal.

— Et ta mère et ses bons conseils… Est-ce que je dois la remercier aussi ?

— Maman n'a rien à voir là-dedans. Et il ne s'est rien passé avec Pierre, je te le jure.

— Tu veux foutre en l'air nos trente ans de mariage pour un mec avec qui tu n'as même pas couché ?

— C'est mon ami, je le connais bien et…

— Et quoi ? Il t'aime, c'est ça ? »

J'acquiesce en baissant les yeux, bien incapable de prononcer un mot supplémentaire.

« Liliane a raison sur un point, reprend-il. Je t'aime, et l'idée que tu restes alors que tu penses à un autre m'est insupportable. Quand je repense à ton attitude de ce week-end, à cette autre femme avec qui j'ai fait l'amour. C'est évident, ce n'était pas toi. Ça me donne envie de vomir. Tu me dégoûtes, Catherine. Maintenant, ouvre bien tes oreilles, je ne le dirai pas deux fois. Je dois retourner bosser, j'ai une réunion importante, mais ce soir, en rentrant, je ne veux pas te trouver ici. Tu te chargeras de prévenir les enfants, ce n'est quand même pas à moi de faire le sale boulot. Le sac de voyage dans l'entrée, il est pour toi. Je suis vraiment le roi des cons de t'avoir même préparé tes petites affaires, mon amour », lance-t-il, plein d'ironie.

Il se lève, quitte la pièce, puis la maison, et la rue… Patrice est parti. Je suis seule. Je reste un long moment au sol, me vidant de toutes les larmes de mon corps.

Justine

Impossible de me concentrer sur ce cours, je n'arrête pas de me repasser en boucle les mots de Valérie, toutes ses révélations sur Charles et Mémé. Pour ne rien oublier, je griffonne tout ce dont je veux me souvenir sur mon cahier. Mon portable qui me ramène à la réalité quand il se met à vibrer. C'est un SMS de ma mère : « Justine, je dois te parler. Rappelle-moi dès que possible. »

Me reviennent les mots de la médium lorsqu'elle parlait de tourmente, de choix… Une vive douleur me prend aux tripes : et si Maman avait quelque chose de terrible à m'annoncer ? Une fois n'est pas coutume, je quitte la salle au beau milieu du cours. Je dois téléphoner à ma mère sans plus tarder. Elle décroche à la quatrième sonnerie.

« Allô, dit-elle d'une voix lointaine et chevrotante.

— Maman, qu'est-ce qui se passe ?

— Ma Juju… Je voulais t'en parler en face-à-face, mais peut-être que ce sera plus facile de te le dire au téléphone.

— De me dire quoi, Maman ? Tu m'inquiètes vraiment, là… Qu'est-ce qu'il y a ?

— Je vais quitter la maison, Justine, lâche-t-elle de but en blanc.

— Mais pourquoi ?

— … »

J'entends qu'elle sanglote. Elle me fait quoi, ma mère, là ? Qu'est-ce que c'est que cette histoire ?

« Pourquoi quittes-tu la maison ? Tu as des problèmes de santé ? Tu dois être hospitalisée ? Tu es mutée ? S'il te plaît, parle !

— Ce n'est rien de tout ça, ma puce.

— Mais alors, c'est quoi ? hurlé-je.

— Papa et moi allons nous séparer. »

Mon cœur bat à tout rompre dans ma poitrine. J'ai cru qu'elle allait m'annoncer qu'elle était malade, voire condamnée. Je suis presque soulagée.

« Mais pourquoi ? Vous vous entendez bien, Papa et toi !

— C'est plus compliqué que ça…

— Eh bien, allez voir un psy de couple ! Il pourra sûrement vous aider. Les parents de Cassandra, c'est ce qu'ils ont fait, et maintenant ça va beaucoup mieux.

— Ma chérie… Je suis amoureuse d'un autre homme.

— Putain, mais qu'est-ce que tu racontes ? T'es peut-être amoureuse, mais ça va te passer. Tu ne peux pas aimer un autre homme que Papa, c'est impossible !

— Je ne pensais pas que cela pourrait m'arriver un jour. Pourtant, c'est le cas. Je n'ai rien programmé, je te le jure.

— Mon cul, oui ! m'exclamé-je, hors de moi.

— Je comprends ta colère, Justine. Laissons passer quelques jours. On en rediscutera. Mais s'il te plaît, reviens vivre à la maison. Ton père va avoir besoin de toi et de ton frère. Cela risque d'être difficile pour lui.

— Et toi, tu vas où ?

— Je ne sais pas encore. Peut-être chez Nathalie, ma collègue. Ou bien chez Mamie…

— Mamie est au courant ? C'est de ça qu'elle voulait te parler ?

— Comment sais-tu que Mamie voulait me voir ?

— Oh, laisse tomber !

— Je te demande pardon, Justine. Je t'aime de tout mon cœur. Je regrette de ne pas te le dire plus souvent », déclare-t-elle sans attendre de réponse de ma part, avant de raccrocher.

Le téléphone toujours suspendu à mon oreille, je reste stoïque quelques minutes : mes parents se séparent. Je n'ai rien vu venir. J'avais bien trouvé ma mère un peu étrange ces derniers temps, mais de là à tout plaquer, cela ne lui ressemble pas. Pour en avoir le cœur net, je téléphone à ma grand-mère.

« Mamie, c'est moi.

— Tu n'es pas en cours, Justine ?

— Si, si, mais je suis sortie pour téléphoner. Maman vient de m'appeler.

— Ah…

— Elle m'a dit qu'elle quittait Papa.

— Ah…

— Est-ce que tu peux dire autre chose que "Ah" ? Tu étais au courant et tu ne m'as rien dit ? Ça me débecte.

— Du calme, jeune fille ! J'ai compris à demi-mot ce matin quand Mémé Marguerite nous a transmis le message. Tu te rappelles, l'autre jour, quand elle a dit Pierre au lieu de Patrice ? Ça m'avait mis la puce à l'oreille, mais je ne voulais pas y croire. Je suis aussi surprise que toi, ma petite-fille.

— Comment as-tu osé lui conseiller de quitter Papa ?

— Je ne lui ai pas conseillé de quitter ton père, qu'est-ce que tu vas imaginer ? Je lui ai dit d'écouter son cœur, c'est différent ! Et toi, alors ? Tu as bien quitté Benjamin parce que tu ne l'aimais plus, n'est-ce pas ?

— Euh…

— Crois-tu que l'amour et le bonheur soient réservés aux jeunes ?

— Euh…

— Tu as bien dit que tu voulais aller à Paris pour rencontrer un homme avec lequel tu n'échanges que quelques messages par jour, depuis deux ou trois semaines. Ce n'est pas de l'inconscience, peut-être ?

— Euh…

— Tu ne sais dire que "Euh…", Justine ? ironise-t-elle. L'amour, cela ne s'explique pas toujours. Ta mère commet peut-être une erreur, mais si elle ne la fait pas, elle n'en saura rien. As-tu déjà oublié les mots de la médium ? Elle a dit que nous devions prendre les choses avec sagesse et philosophie. Qu'il fallait se détacher des aspects matériels de la vie, écouter son guide intérieur, sa conscience et son intuition. Je pense que ta mère a longuement réfléchi. Nous devons accepter son choix même s'il ne nous plaît pas. »

Je ne sais plus quoi dire. Ses paroles me font l'effet d'une gifle.

« J'ai appris tellement de choses ce matin… reprend-elle. Et la plus importante de toutes, c'est qu'il faut savoir pardonner. Je dois te laisser, Justine, je suis occupée. Retourne en cours immédiatement et concentre-toi ! On se retrouve plus tard à la maison.

— Euh… non, Mamie. Ce soir, je vais rentrer chez moi.

— À la bonne heure ! » s'écrie-t-elle en raccrochant.

Je retourne m'asseoir en classe tel un pantin désarticulé. Je me sens vide, triste. Se pourrait-il que Mamie ait raison ?

Liliane

Je suis surprise que Catherine ait déjà pris sa décision. Je la sentais si perdue. Il a dû se produire quelque chose, il faut que je l'appelle. Après quelques tonalités, je tombe sur son répondeur et lui laisse un message en espérant qu'elle l'écoutera : *« Je viens d'avoir Justine au téléphone. Elle est en colère mais cela va lui passer. Alors comme ça, tu as pris la décision de partir ? Je suis là si tu veux en discuter, et si tu ne sais pas où aller, ma porte te sera toujours grande ouverte. Tiens-moi au courant. »*

Je reprends ma tâche où je l'avais laissée avant l'appel de Justine. Ce garde-meuble est particulièrement rempli. J'avais oublié tout ce que nous avions stocké là-dedans… Il serait peut-être bon de se débarrasser de toutes ces vieilleries qui ne me serviront plus jamais. Ah, la voilà enfin : derrière un enchevêtrement de meubles, j'aperçois la malle métallique contenant toute la paperasse de mes parents. Malheureusement, ce n'est pas Milou qui va m'aider à déplacer tout ce qui se trouve devant. Je jette un œil à l'extérieur du box et j'aperçois deux ouvriers en train de bricoler.

« Bonjour, messieurs, voudriez-vous bien aider une vieille dame, s'il vous plaît ?

— Bien sûr, madame, on arrive », répond l'un d'eux en posant ses outils.

En deux temps, trois mouvements, la malle se retrouve à mes pieds.

« Je vous conseille de la laisser par terre, elle n'est pas toute légère, lâche l'un des hommes en se massant le bas du dos.

— Oui, vous avez raison. Merci beaucoup, messieurs.

— De rien, ma petite dame ! » réplique l'autre avant de retourner vaquer à ses occupations.

Je reste un moment immobile devant la malle. Milou, assis à mes côtés, remue la queue, curieux de voir ce qu'elle renferme.

« Alors, Milou, à ton avis, vais-je trouver ce que je cherche là-dedans ? »

J'ouvre la caisse. Un parfum de fleurs fanées s'en échappe. Je reconnais les petites manies de nos anciens qui disposaient des savons ou des sachets de lavande dans les placards afin que le linge sente toujours bon.

À l'intérieur gît tout un tas de papiers, d'enveloppes, de photos, de vieilles cartes postales jaunies. Je m'attendris devant une photo sur laquelle tous mes petits-enfants sont réunis auprès de ma mère : Marc, Olivier, Malaurie, Justine, et le bébé, c'est Antoine. Comme ils étaient petits ! C'était à Noël 1999, je me rappelle bien cette soirée-là. Tout le monde était très inquiet parce que nous allions bientôt passer à l'an 2000. Il y avait eu de grosses tempêtes en France et certains parlaient même de fin du monde. Ma mère est morte peu de temps après, elle avait quatre-vingt-deux ans. Ah là là ! Dire que vingt ans se sont écoulés depuis…

Je fouille dans la malle et mets la main sur une boîte à chaussures. Je l'ouvre et découvre un tas d'enveloppes, soigneusement attachées avec une petite ficelle. Sans même voir à qui ces lettres étaient expédiées, ni qui les envoyait, la chaleur qu'elles dégagent me fait penser que ce sont celles de Charles. Saisie par l'émotion, je fourre le paquet dans mon sac à main, ainsi que la photo de ma mère avec ses arrière-petits-enfants. Je lirai ces lettres à tête reposée. Je ne suis plus à quelques heures près.

Catherine

« Ce soir, je ne veux pas te trouver ici », a dit Patrice… Cette phrase résonne dans ma tête. Je suis bouleversée et ne sais par où commencer. Je ne sais même pas quoi mettre dans ce sac… Je pourrai toujours venir chercher d'autres affaires plus tard. Tel un robot, je prépare un gratin de pâtes afin qu'ils n'aient pas à cuisiner. C'est la culpabilité de l'abandon qui me fait agir ainsi. J'ai encore envie de pleurer, mais je n'ai plus de larmes.

« Salut M'man ! Déjà aux fourneaux !

— Bon sang, Antoine ! Je ne t'ai pas entendu arriver. Tu m'as fichu une de ces trouilles ! Tu es déjà là ?

— Nan, nan, c'est mon fantôme que tu vois !

— Ah, très drôle…

— En parlant de fantôme, qu'est-ce que t'as ? T'as les yeux tout rouges.

— Antoine, assieds-toi.

— Que se passe-t-il ? Tu me ferais presque peur avec tes yeux d'exorciste.

— Arrête de plaisanter, mon chéri. Il faut que je te dise quelque chose d'important : je vais partir quelque temps. Ton père et moi… on se sépare.

— Ah, ce n'est que ça ?

— C'est tout ce que ça te fait ?

— Bah, à notre époque, c'est de rester ensemble pendant trente ans qui est flippant.

— Alors là… Je ne m'attendais pas à ça.

— C'est Papa ? Il s'est trouvé une minette ? plaisante-t-il.

— Antoine ! Tu dis vraiment n'importe quoi ! Tu as fumé quelque chose ou quoi ?

— Tout de suite… Bien sûr que non ! Je ne fume même pas de clopes.

— Je ne comprends pas ta réaction.

— Et comment veux-tu que je réagisse, Maman ? Hein ? demande-t-il en changeant de ton.

— Je ne sais pas… Je m'attendais à ce que tu sois triste ou en colère. Pas à t'entendre faire des blagues…

— Quoi que je te dise, votre décision est prise, non ? Alors ?

— …

— Épargne-moi ton petit laïus : "Maman et Papa t'aimeront toujours, bla bla bla". La vie continue ! C'est comme ça, non ?

— Euh… Cela ne change rien entre toi et moi.

— Foutaises ! » crie-t-il en se levant, renversant sa chaise dans un vacarme fracassant. Il a baissé la tête pour ne pas me montrer son visage.

« Antoine, tu n'es plus un enfant, dis-je en lui relevant le menton. Un jour, tu quitteras cette maison, tu feras ta vie, tes propres expériences. Tu épouseras quelqu'un que tu aimeras, je l'espère, et tu auras des enfants à ton tour…

— Je ne vois pas le rapport.

— Je n'aime plus ton père du même amour qu'avant.

— C'est toi qui as trompé Papa ?

— Je n'ai pas trompé ton père.

— Pas encore, c'est ça ! lance-t-il, hargneux.

— Ça ne te regarde pas ! C'est ma vie. Je n'aime plus ton père, d'accord, mais ta sœur et toi resterez ce que j'ai de plus cher au monde. Tu comprends ça ?

— Je ne sais pas. Il faut que je digère l'info, réplique-t-il, sur le point de quitter la pièce.

— Ton père m'a demandé de partir. Je ne serai pas bien loin. Prenez soin de lui. On s'appelle, d'accord ? »

Antoine ne me répond pas. Quelques secondes plus tard, j'entends claquer la porte de sa chambre.

Liliane

J'ai l'impression de rentrer chez moi avec un lingot d'or caché dans mon sac. Milou ne va pas assez vite, c'est moi qui le tire tant je suis pressée d'être à la maison pour découvrir mon trésor.

Mon téléphone émet un bip et, tout en continuant de marcher au pas de course, je lis le message de Catherine :

> Patrice a entendu toute notre conversation à cause de notre système de surveillance. Tu avais raison, il ne veut pas que je reste si je pense à un autre et m'a demandé de partir. Antoine et Justine sont au courant. J'ai besoin de quelques jours pour prendre du recul. Je vais rester dans les parages, si tu as besoin de quoi que ce soit, appelle-moi. Bisous et merci de ton aide.
> Ta fille qui t'aime.

Alors ça y est ? C'est fini. Pauvre Patrice. Il doit penser que c'est de ma faute. Il faut que je l'appelle, même si je sais qu'il ne décrochera pas en voyant mon nom apparaître sur son écran. En effet, après quelques sonneries, je tombe sur sa messagerie et lui dis : *« Patrice, je n'ai pas de mots pour t'exprimer mon chagrin et je n'ose imaginer le tien. Tu es comme mon fils. Donne-moi de tes nouvelles, d'accord ? Courage, mon grand. Ta belle-mère pour toujours. »*

20

Justine

Quel supplice, ce premier dîner à trois… Nous avons mangé le plat que Maman nous avait préparé dans un silence de mort. Papa n'a même pas touché à son assiette. Il faut admettre qu'aucun de nous trois n'avait vraiment d'appétit. On a débarrassé la table vite fait et je me suis enfuie dans ma chambre dès que j'ai pu. Léo est la première personne avec laquelle je veux partager ma peine, ma colère et mon incompréhension quant à la séparation de mes parents. Il m'écoute attentivement sans jamais m'interrompre. Ses parents sont divorcés, alors il sait ce que je peux ressentir. Cela fait une demi-heure que je monopolise la conversation téléphonique lorsqu'il ose intervenir :

« Justine, il faut que je t'avoue un truc.

— Ah non, s'il te plaît ! Je crois que j'ai eu mon lot de révélations pour la journée… Si tu penses que cela va me faire du mal, alors je préfère ne pas l'entendre.

— Je l'ignore…

— Cette réponse ne me convient pas.

— J'ai besoin d'être honnête avec toi.

— Si tu commences comme ça, c'est mal parti. Crache le morceau immédiatement ou je monte à Paris pour t'arracher les vers du nez. »

Il éclate de rire.

« Tu es trop mignonne.

— N'essaie pas de m'amadouer avec tes compliments. Je t'écoute ! dis-je, impatiente.

— Tu te rappelles notre discussion à propos de ta rupture avec ton copain ? Je ne t'ai pas répondu me concernant.

— Oui, je m'en souviens très bien. Ne te fatigue pas ! J'ai pigé. Tu n'es pas célibataire, c'est ça ? Oh, mais je vais te mettre à l'aise tout de suite : tu ne me dois rien. Après tout, tu n'es qu'une relation virtuelle, à peine un copain. Tu n'es que le petit-neveu du premier amour de ma grand-mère. On ne s'est même jamais vus, dis-je en feignant l'indifférence totale alors qu'une boule énorme se forme dans ma gorge et que mes yeux s'embuent.

— Justine… j'ai quitté ma copine.

— Ah… Et ?

— Je l'ai quittée parce que…

— Parce que quoi ? Tu es toujours aussi lent dans tes déclarations ?

— Parce que j'avais l'impression de la tromper.

— Eh bien, ça va pour toi ! Je vois que tu ne t'embêtes pas ! Écoute, les histoires de tromperies, ce n'est pas trop ma tasse de thé en ce moment. Tu ne veux pas plutôt raconter ce genre de trucs à ton meilleur pote ? Parce que là, tout de suite… ça me gave, en fait.

— Justine… Je crois que tu n'as pas bien compris.

— Alors, va droit au but !

— Si je l'ai quittée, c'est parce que j'avais l'impression de la tromper… avec toi.

— Ah… »

Si la situation de mes parents n'était pas si dramatique, j'entreprendrais de faire une petite danse de la joie.

« Justine, tu es toujours là ?

— Oui, Léo.

— Tu ne dis rien ?

— Je suis surprise. Et flattée. J'approuve totalement l'idée que tu aies pu la quitter pour moi. Je te remercie beaucoup. »

Ai-je le droit de me réjouir de la rupture de Léo quand j'enrage à cause de celle de mes parents ?

« C'est tout ? Je pensais que tu serais contente.

— C'est le cas, dis-je, impassible. Je vais devoir te laisser. Je suis exténuée. Je dois encore réviser quelques bricoles. Je t'embrasse, Léo.

— Je t'embrasse aussi, Justine. »

Je raccroche un peu brutalement. Trop d'émotions se mélangent. Mon cœur bat la chamade. Je me connecte sur Internet : il me faut immédiatement un billet d'avion, direction Paris.

Liliane

Bien installée dans mon fauteuil, je scrute le petit tas de lettres posé sur la table basse. Les questions se bousculent dans ma tête. Est-ce bien nécessaire de les lire aujourd'hui ? Pas une seule n'est ouverte. Ma mère s'était contentée de me les cacher. Étrangement, je ne lui en veux plus.

Les lettres sont classées par dates de réception ; celles-ci sont encore lisibles. La première a été envoyée le 30 mai, quelques jours seulement après son départ... Il m'annonce certainement qu'il est bien arrivé à Paris. Sans m'en rendre compte, les doigts tremblants, j'ai déjà décacheté l'enveloppe.

Ma très chère Lili,

Je suis bien arrivé à Paris. Cette ville est magique mais il me manque mon soleil : toi. J'aimerais tant que tu puisses me rejoindre. Chaque coin de rue cache une fantaisie, une merveille. Il y a tant de choses à découvrir ici.

Je n'ai pas encore de domicile fixe, je ne peux donc pas te donner une adresse à laquelle m'écrire. Je loge actuellement chez un musicien que j'ai rencontré lors de l'audition qui a eu lieu avant-hier. J'ai été bon, je crois. La liste des retenus sera affichée demain. Je suis certain que tu aurais préféré que je t'informe des résultats mais cela me donnera l'occasion de t'écrire encore demain.

Je t'aime. Je reviendrai te chercher.

Ton Charles

Prise d'une envie irrépressible de connaître la suite, je déchire l'enveloppe qui contient la deuxième missive. Je déplie le papier.

Paris, 31 mai

Ma douce Lili,

Je suis pris dans l'orchestre, te rends-tu compte ? L'Opéra Garnier m'ouvre ses portes, à moi, le musicien de rue. Je suis tellement heureux, et triste aussi. J'aurais tant aimé te faire voltiger dans les airs au moment où j'ai découvert mon nom sur la liste. J'espère que tu es fier de moi.

Comme tu me manques, mon amour ! J'ai tellement envie de te serrer dans mes bras, de t'embrasser et bien d'autres choses. J'espère te revoir très vite.

Grégoire, le musicien qui m'héberge, me propose de rester le temps qu'il faudra. Lui aussi est pris dans l'orchestre. Nous partageons les frais. Tu peux donc m'écrire à son adresse : Chez M. Grégoire Lothier, 25, rue Balard, 75015 Paris.

Il me tarde de te lire.

Charles qui t'aime

Mes larmes coulent et brouillent ma lecture. Je devine ce que renferment les autres lettres. Charles s'inquiète, se demandant pourquoi je ne lui ai toujours pas répondu. Il travaille beaucoup. Il espère pouvoir me rendre visite, mais avec le planning des répétitions, il ne peut rien prévoir… Les cachets démontrent que les courriers s'espacent, de quelques jours d'abord, puis de quelques semaines, de plusieurs mois ensuite, puis une dernière lettre est postée avant notre déménagement. Au dos de l'une d'elles est inscrite l'adresse de son ami. C'est sûrement sur cette enveloppe que Maman a trouvé l'adresse à laquelle elle a envoyé mon faire-part de mariage. Mon cœur se serre, je préfère arrêter là le supplice. Milou, qui me regarde avec son air de chien battu, vient me faire un câlin. C'est sûrement l'heure de sa promenade. Un bol d'air me fera le plus grand bien.

Catherine

J'ai erré dans les rues du centre-ville, ne sachant où aller. Me réfugier chez ma mère me semblait trop puéril, aller chez Nathalie trop fatigant. Quant à dormir à l'hôtel, non, c'est trop glauque. Et puis, l'évidence s'est frayé un chemin dans mon cerveau embrumé. Désormais libre de retrouver Pierre, j'ai filé à l'aéroport. Son avion est annoncé à l'heure. Mais je ne suis pas sereine. Il ne sait rien. Je n'ai plus communiqué avec lui depuis ce matin. Il a peut-être prévu de sortir de son côté. Et comment prendra-t-il les choses ? N'est-il pas prématuré de me jeter dans ses bras ? Oh, et puis zut ! Si j'arrêtais un peu de me poser mille questions ?

Un flot de passagers débarque. Est-ce que Pierre est parmi eux ? Je regarde partout, je gesticule et me hausse sur la pointe des pieds pour mieux le voir arriver. Mince, mince, s'il était passé sans me voir ? J'angoisse lorsque quelqu'un tapote sur mon épaule, me faisant sursauter. Prête à hurler sur le pauvre malheureux qui a osé me détourner de ma mission, je me retourne brutalement :

« Quoi ?
— On dirait que vous cherchez quelqu'un, madame. »

Bon sang, c'est lui ! Pierre affiche un petit sourire satisfait, fier de sa plaisanterie. Nos yeux ne se quittent pas. Je comprends que les siens s'interrogent sur la raison de ma présence ici, mais ni lui ni moi n'osons dire un mot, de peur de gâcher ce moment tant espéré. Si la télépathie existe, alors je deviens une experte en quelques secondes.

« Je peux ? » finit-il par demander.

J'acquiesce d'un mouvement de tête. Il penche alors la sienne et vient tendrement poser ses lèvres sur les miennes. D'abord d'une infinie délicatesse, très lentement, sa langue effleure la mienne. Puis la passion s'invite, la faim de l'autre grandit. L'excitation devient palpable. Je ne sais combien de temps nous restons là, à nous embrasser amoureusement. Peu importe le regard des autres, peu importe ce qu'ils peuvent penser ou dire de nous… Plus rien n'existe. Nous sommes seuls au monde. Qu'il est bon de se sentir aimée !

Liliane

Justine est rentrée chez elle et je n'ai aucune nouvelle de Catherine. Elle a dû retrouver son amant. J'ai passé un rapide coup de fil à mon gendre. Il m'a accueillie on ne peut plus froidement, mais il avait l'air d'aller bien. La conversation qu'il a surprise entre son épouse et moi sera difficile à digérer. Il est probable qu'il m'en veuille un bon moment et je ne peux que le comprendre. Plutôt que de conseiller à ma fille d'oublier l'homme qui la perturbe, je lui ai recommandé d'écouter son cœur. Aurait-elle osé partir si Patrice ne le lui avait pas imposé ? Combien de temps aurait-elle encore hésité ? Jusqu'où serait-elle allée avec Pierre ? Oh ! Inutile de tergiverser, c'est fait maintenant.

Quoi qu'il en soit, pour cette première soirée, Antoine et Patrice passent la soirée entre hommes : Justine s'étant réfugiée dans sa chambre, ils ont décidé de rejoindre des copains dans un bar pour regarder un match de foot. Cela me rassure un peu. Je ne suis pas fière du choix de Catherine, mais j'ai écouté ma conscience qui m'a dicté mes paroles. Et puis, il faut parfois tomber pour mieux se relever, je lui souhaite sincèrement de surmonter cette épreuve.

J'ai peur de m'endormir, ce soir. Charles viendra-t-il me rendre visite ? S'il ne vient pas, ma solitude sera à son comble. Heureusement que Milou est là.

Catherine

L'idée de faire l'amour avec Pierre dès le premier soir ne me met pas très à l'aise. Dans le taxi qui nous ramène chez lui, ses intentions sont pourtant claires. On parle peu. On se dévore des yeux. Ses caresses appuyées, son regard gourmand, sa bouche avide... Ce n'est pas pour me déplaire, mais n'est-ce pas un peu prématuré ? Voilà que je me pose encore tout un tas de questions, pour ne pas changer...

Il nous faut à peine un quart d'heure pour arriver chez lui. Il paie le taxi et sort de la voiture au pas de course pour ouvrir ma portière : il y va fort, question galanterie ! Et ça ne s'arrête pas là... Devant sa porte d'entrée, il me soulève dans ses bras et m'annonce comme à une jeune mariée : « Bienvenue chez nous ! »

Il ne m'en fallait pas plus pour lâcher prise. La porte claque derrière nous. On y est ! J'ai tellement rêvé de ce moment où Pierre me ferait l'amour. Ça m'obsède depuis des semaines. Sans me défaire de sa bouche qui me dévore passionnément, je retire sa veste, j'enlève mes chaussures, nos mains se font pressantes. Mutuellement, nous nous arrachons nos vêtements qui valdinguent dans l'appartement alors que nous nous dirigeons vers sa chambre. Je le veux ! Et vite !

Pierre semble surpris par mon ardeur soudaine, mais il n'est pas le seul : je ne me connaissais pas si entreprenante. J'ai faim de chaque parcelle de son corps. J'explore sa peau centimètre par centimètre, comme il le fait avec moi. C'est délicieux. J'ai l'impression de renaître. Des frissons me parcourent. Je me sens... vivante. Jamais je n'avais fait l'amour avec une telle intensité. Je m'abandonne, ne cherchant plus à maîtriser mes émotions, mes gestes et mes sensations. C'est sans doute la nuit la plus érotique de toute ma vie. Nos ébats s'enchaînent, tous plus exaltants les uns que les autres. D'épuisement, je finis par m'endormir dans les bras de mon nouvel amant. Il est tard, très tard. Ou tôt...

21

Justine

Qu'on se le dise, je ne suis pas près de valider mon année universitaire. Je file un mauvais coton, comme dirait Mamie : j'ai encore séché les cours… Mais j'avais un avion à prendre : je dois absolument savoir si mon coup de cœur pour Léo est plus que virtuel. Léo ne sait rien de ma venue, c'est une surprise. J'espère qu'elle sera à son goût.

J'ai trouvé l'adresse du lycée dans lequel il travaille sur sa page Facebook. Ce réseau est une mine d'informations. Et au détour d'un SMS, je lui ai demandé à quelle heure il finissait le vendredi :

À 17 h 30

a-t-il répondu sans se douter de quoi que ce soit.

Mon avion vient d'atterrir à l'aéroport d'Orly. Je me félicite de ne pas avoir mis mon bagage en soute. J'ai pris le strict nécessaire, pour trois petits jours, cela n'avait pas grand intérêt.

Je me dépêche de sortir en suivant le panneau

« Taxi », bousculant quelques passagers dont j'entends au loin les vives réprobations. Cet aéroport n'a plus rien à voir avec celui de mes souvenirs. J'avais douze ans quand mes parents nous avaient organisé un week-end surprise à Disneyland Paris. Nous avions aussi visité la capitale et ses grands monuments. Nous étions une famille heureuse. C'était le bon vieux temps !

J'ai peu de nouvelles de Maman, depuis mercredi. Elle m'a envoyé quelques SMS pour prendre des nouvelles de Papa, mais j'ai été un peu dure avec elle. Je lui ai écrit :

Si tu veux des nouvelles de Papa, tu n'as qu'à l'appeler directement. Antoine et moi allons bien, si ça t'intéresse.

Papa se montre fort. Antoine est adorable avec lui. Alors qu'il désertait la maison dès que possible avant leur séparation, il passe beaucoup de temps avec lui, depuis. Mercredi, c'était soirée foot, et hier, Netflix. Ils se sont même endormis dans le canapé, c'est moi qui ai éteint la télévision à 2 heures du matin. Trop fébrile à l'idée de ce voyage à Paris, je ne dormais toujours pas.

Me voilà enfin à la station de taxis. Les voitures se succèdent, embarquent les clients, et filent vers leur destination. Quand arrive mon tour, le chauffeur arrête son moteur et vient m'accueillir avec un grand sourire. C'est un Asiatique. Je monte pendant qu'il dépose mon petit sac de voyage dans le coffre. En prenant place derrière son volant, il me demande dans un français impeccable :

« Avez-vous fait bon voyage, mademoiselle ? »

Mon sourire ne lui échappe pas dans le rétroviseur.

« Pourquoi souriez-vous ?

— Ne vous vexez surtout pas, monsieur, mais je ne m'attendais pas à ce que vous parliez si bien notre langue.

— Parce que je suis chinois, c'est ça ?

— Oui, sans doute... je suis vraiment désolée. »

Lui a l'air de trouver ça drôle.

« Ne vous en faites pas, on me le dit souvent. C'est vrai que je n'ai quasiment pas d'accent. Vous, en revanche... je parie que vous venez du Sud-Ouest ! »

C'est à mon tour d'exploser de rire.

« Alors, où allons-nous, mademoiselle ?

— Lycée Buffon, dans le 15e arrondissement de Paris, s'il vous plaît.

— Bien, mademoiselle, dit-il en démarrant. Souhaitez-vous faire un petit crochet par la tour Eiffel ?

— Non, merci. J'ai peur d'être en retard.

— À quelle heure êtes-vous attendue ?

— J'aimerais y être pour 17 heures, histoire de repérer les lieux.

— Très bien, ce sera pour une prochaine fois, alors ! Voici ma carte, n'hésitez pas si vous avez besoin de mes services.

— Merci », dis-je en découvrant son nom : Christian Linh Chen.

Je croyais qu'il avait atteint son quota de « bla-bla » minimum consacré à chaque client, et que j'allais pouvoir profiter de quelques instants de calme avant ma rencontre avec mon « amoureux virtuel », mais

M. Chen en a décidé autrement : c'est un vrai moulin à paroles ! Il me raconte sa vie, ses rencontres avec des clients insolites, ses origines, ses débuts difficiles dans la profession…

« Laissez-moi vous raconter une anecdote qui va vous faire rire, déclare-t-il sur le ton de la confidence. Il y a un an environ, une cliente d'une trentaine d'années, venue tout droit de sa province – je ne sais plus où elle habitait – a demandé à faire une rapide visite de Paris. C'était la première fois qu'elle venait ici, elle était un peu naïve et très touchante… Eh bien, figurez-vous qu'elle pensait que la tour Eiffel avait les pieds dans l'eau !

— Comment ça ? Ce n'est pas le cas ? »

Le chauffeur arque un sourcil. J'éclate de rire à l'arrière.

« Je plaisantais !

— Ah… J'ai eu peur…

— Sérieux, elle a vraiment dit ça ?

— Oui ! Je vous assure… Elle avait dû voir un film à la télé et elle avait pensé que c'était vrai… Et vous, mademoiselle, qu'est-ce qui vous amène dans la plus belle ville du monde ? Laissez-moi deviner, dit-il en me scrutant dans son rétroviseur. Ne serait-ce pas l'amour ?

— Peut-être bien… On verra, soupiré-je, pleine d'espoir.

— Je la sens bien, votre affaire. Si je parle trop, vous me le dites, hein ? Certains clients préfèrent circuler dans le calme.

— Cela ne me dérange pas, au contraire. Vous êtes vraiment sympathique.

— Il paraît… »

Malgré les bouchons à l'approche de Paris, mon trajet avec M. Chen passe en un éclair. Avec tout ce qu'il a vécu, il devrait écrire un roman ! Quand j'évoque cette idée, il m'annonce en souriant que c'est prévu, justement. Il s'est lié d'amitié avec une de ses clientes, une romancière, qui, en guise de cadeau de Noël, est en train de rédiger sa biographie. Ah, les surprises de la vie… C'est fou comme une rencontre anodine peut bouleverser le quotidien !

Catherine

J'ai profité de la pause déjeuner pour passer récupérer quelques affaires à la maison. À cette heure-là, aucun risque de croiser mon mari, enfin, je devrais plutôt dire : mon futur ex-mari. J'ai fait tourner une machine et ramassé le linge qui séchait sur l'étendoir. J'ai même préparé un plat pour ce soir. Je sais bien que je ne suis pas obligée de faire tout ça, mais je n'ai pas pu m'en empêcher. Comme si cela atténuait ma culpabilité.

Patrice n'a pas touché à mes affaires. Tout est encore à sa place.

Avec Pierre, tout se passe merveilleusement bien. Le matin, nous partons ensemble au travail, nous lâchant la main une centaine de mètres avant d'arriver au bureau. Nous n'avons plus besoin de nous retrouver à la machine à café puisque nous prenons notre petit déjeuner chez lui. C'est drôle, ce petit goût de nouveauté… J'avais oublié les émotions des toutes premières fois : la première nuit, le premier réveil, le premier petit déjeuner, la première douche… Tout est nouveau et c'est tellement excitant.

Bien sûr, mon changement d'attitude n'a pas échappé à Nathalie. Dès mon retour, hier matin, avec son tact légendaire, elle m'a lancé :

« Oh, toi, tu es différente. Laisse-moi te regarder. Tu as baisé comme une bête, cette nuit ? Avoue !

— Rooooh… C'est une façon de dire "bonjour" aux gens, ça ? ai-je dit, gênée.

— Oh, excuse-moi, mademoiselle Sainte-Nitouche. Allez, avoue ! De toute façon, ça se voit à ta tête. Ce petit sourire, là… il en dit long.

— Peut-être bien, ai-je chuchoté en rougissant de plus belle.

— Alors, c'est vrai ? s'est-elle exclamée, surexcitée. Est-ce que ton partenaire était celui dont on ne doit pas prononcer le nom ?

— Cela se pourrait… ai-je répondu en minaudant.

— Alléluiaaaa ! a-t-elle hurlé dans le bureau, suscitant la curiosité de Xavier qui venait d'arriver.

— Qu'est-ce qui se passe, ici ? Tiens, une revenante. Tu as meilleure mine que lundi, ça va mieux ? Puis-je t'embrasser ou es-tu contagieuse ?

— C'était un malaise vagal, ça ne s'attrape pas.

— Je sais bien, c'est juste pour t'embêter ! Content de te revoir. Allez, au travail, les filles ! »

Ce week-end sera le premier avec Pierre. Le premier loin de ma famille, aussi. Je me sens entre deux eaux.

À la fois heureuse et contrariée : pas de déjeuner en famille avec Maman dimanche, comme cela a presque toujours été le cas depuis la mort de Papa. J'espère que ce ne sera pas trop compliqué, pour elle, pour moi, pour nous tous.

Liliane

La vie a repris son cours. Augustine a confirmé mes doutes : Catherine habite chez Pierre. Au moins, elle ne traîne pas dehors, c'est déjà ça. Justine est partie à Paris, son avion a dû atterrir à cette heure. Elle voulait que je l'accompagne, mais je n'avais pas envie de tenir la chandelle : il est évident qu'elle n'y va pas pour visiter la capitale… La prochaine fois, pourquoi pas ? J'aimerais bien visiter le palais Garnier, peut-être même y voir un ballet. Il paraît qu'il faut réserver des mois, voire des années à l'avance. C'est incroyable ! Qui sait où je serai dans quelques années ?

Justine l'ignore, mais j'ai l'intention de lui rembourser son billet. J'ai cru comprendre qu'à la veille du départ, les prix étaient exorbitants. La pauvre gamine ne travaille pas encore, elle a sûrement pioché dans ses économies pour s'offrir ce voyage. J'ai envie de profiter de ma famille et de faire plaisir à ceux que j'aime. J'en ai les moyens et je n'emporterai pas mes sous dans la tombe.

Je me sens différente depuis que nous avons rencontré la médium. Moi qui ne croyais en rien, je commence à me dire qu'il existe quelque chose quelque part, et surtout que tout ne s'arrête pas avec la mort.

Il me tarde presque d'être l'ange gardien des gens que j'aime. Enfin… pas tout de suite quand même ! J'espère profiter le plus longtemps possible de ma famille, vivre chaque moment comme si c'était le dernier, et j'aspire à être plus agréable avec les autres afin qu'ils gardent un meilleur souvenir de ma personne.

Ce soir, Maximilien vient me chercher. Je suis invitée à dîner chez eux. C'est bizarre… Cela ne leur ressemble pas. Aurait-il eu écho de la séparation de sa sœur et de son beau-frère ? Il paraît que Malaurie sera là avec la petite. Mince… j'ai beau me creuser les méninges, son prénom m'échappe. Mes absences sont de plus en plus fréquentes ces derniers temps.

Alors que je me surprends à dire à voix haute : « Mon Dieu, faites que je ne perde pas la boule », son prénom me revient comme par enchantement. Elle s'appelle Lou, la petite.

Justine

Je fais le pied de grue devant la sortie du lycée depuis plusieurs minutes et toujours pas de Léo en vue. Je n'avais pas imaginé un seul instant qu'il y aurait autant de monde. Les élèves grouillent de partout. Je commence à angoisser : je vais le louper avec tous ces gens ! Je lui envoie un SMS pour lui signifier que j'ai quitté les cours, que c'est enfin le week-end. L'air de rien, je lui demande si sa journée est finie, s'il a quitté son établissement. Sa réponse m'affole :

Moi aussi, je suis sur le point de quitter le lycée.

Mince, mince, mince ! Je bondis sur un groupe de jeunes (du haut de mes vingt-deux ans, je me sens bien plus vieille que ces lycéens !) et, en indiquant l'immense porte qu'ils viennent de franchir, je leur demande :

« S'il vous plaît ! Est-ce que les profs sortent par là ?

— Bah, nan ! s'exclame une pimbêche, le genre qui ne doit pas se gêner pour draguer son prof de sport.

— Mais où se trouve leur sortie, alors ? demandé-je, un poil stressée.

— Sur le côté, plus haut… Il faut longer la grille. Vous cherchez qui au juste ?

— Je parie que c'est Léo… lance une nénette aux cheveux roses.

— Ah ouais, c'est clair, ricane une autre. Ça ne peut être que lui… »

C'est quoi, cette embrouille ? Depuis quand appelle-t-on son professeur par son prénom ? Paniquée à l'idée qu'il soit déjà parti, je leur lance un rapide « merci » avant de foncer vers ladite sortie. Je ne me rends pas compte que j'ai dépassé la porte minuscule lorsque j'entends mon prénom résonner derrière moi :

« Justine ? »

Je me fige. Mon sac glisse de mon épaule. Je n'ose pas me retourner. J'ai reconnu sa voix. C'est lui, obligé !

« Justine, est-ce que c'est toi ? »

Mon cœur, déjà malmené par cette course improvisée, bat à tout rompre. Je me retourne lentement. C'est bien lui. La surprise se lit sur son beau visage. Comme dans les films, je parcours les quelques mètres qui me séparent de lui en courant et me jette dans ses bras, qu'il a ouverts grand pour m'accueillir. Je me blottis contre lui. Il sent délicieusement bon. Malgré l'épaisseur de sa doudoune, je perçois les palpitations de son cœur.

« Je n'en reviens pas ! C'est bien toi ! Qu'est-ce que tu fais là ? demande-t-il en caressant mes cheveux.

— J'avais juste envie de t'embrasser. »

Il ne se le fait pas dire deux fois et pose ses lèvres sur les miennes. Je ferme les yeux et savoure cet instant de magie. Je sens que ce garçon va me plaire encore plus que je ne me le suis imaginé.

Plus loin, un groupe de gamines ricanent. Léo interrompt notre baiser pour regarder dans leur direction. Je reconnais les jeunes filles qui m'ont indiqué la sortie des professeurs.

« Circulez, mesdemoiselles ! Il n'y a rien à voir ! » hurle Léo.

Elles s'en vont en s'esclaffant.

« Où en étions-nous déjà ? Ah oui… »

Et sans perdre une seule seconde, il m'embrasse à nouveau.

Liliane

Justine est bien arrivée à Paris. Elle a retrouvé Léo, je suis contente pour elle. Elle a mis une ligne de cœurs dans son SMS, signe que tout se passe à merveille. J'espère que c'est un bon petit gars, ce Léo. Oh, le petit-neveu de Charles est forcément quelqu'un de bien.

Mon téléphone sonne. Tiens, quand on parle du loup, on en voit la queue ! La photo de ma petite-fille apparaît à l'écran.

« Allô ! Tout va bien, ma Juju ? Alors, comment il est, ce jeune homme ?

— Il est super, Mamie. Il est près de moi, donc il entend tout ce que tu dis.

— Je n'ai encore rien dit de mal. J'espère qu'il est gentil avec toi.

— Oui, très !

— Sinon, il aura affaire à moi. Dis-lui ! »

J'entends un rire masculin. Il a de l'humour, il me plaît déjà.

« Pas la peine, il a entendu et ça l'amuse. Plus sérieusement, il faut qu'on te parle, Mamie.

— N'est-ce pas ce que nous faisons déjà ?

— Saurais-tu prendre un appel en FaceTime ?

— En fesse thaï ? Qu'est-ce que c'est que ce machin ?

— C'est un appel vidéo, Mamie Li. C'est très important.

— Cela ne peut pas attendre ton retour ? Vous avez sûrement d'autres choses à faire, non ?

— Je n'aurai pas la patience d'attendre, et toi, tu as déjà trop attendu. Il faut que tu voies ça.

— Oh, tu m'intrigues, ma Juju…

— Je raccroche et je te rappelle tout de suite. Tu n'as qu'à décrocher quand ça sonne, d'accord ?

— Je ne savais même pas que j'avais ça dans mon téléphone… Fesse thaï, c'est plutôt étrange comme nom ! »

Mais je parle dans le vide, Justine a déjà raccroché.

Justine

Léo est propriétaire d'un petit deux-pièces tout près de Paris. Quelques stations de métro le séparent de son lieu de travail. C'est génial, le téléphone capte même en sous-terrain. J'ai envoyé un message pour prévenir Mamie et Papa que je suis bien arrivée. Je n'ai pas jugé bon d'informer Maman de mon voyage, elle m'aurait empêchée de le faire, et dans les circonstances actuelles, je n'ai pas envie d'écouter quoi que ce soit venant d'elle.

À cette heure-ci, la rame est bondée. Nous sommes serrés comme des sardines, mais Léo est un expert. Il m'a coincée dans un angle près de la porte et il est la seule personne qui puisse me toucher. Blottie contre lui, je me sens merveilleusement bien. Dès qu'il le peut, il m'embrasse. Il connaît déjà presque tout de ma vie, il ne nous manquait que le contact physique pour être en parfaite osmose. Le chauffeur de taxi avait raison, il avait un bon feeling. Moi aussi.

Chez Léo, je me sens immédiatement à l'aise. La décoration est sobre mais chaleureuse, les murs beiges sont couverts de cadres photo en noir et blanc. Nous faisons le tour rapidement lorsqu'un carton à dessins attire mon attention.

« Est-ce que tu dessines ?

— Euh… je suis prof de sport, je te rappelle, lance-t-il perplexe.

— L'un n'empêche pas l'autre.

— Ce n'est pas faux. Pourquoi cette question ?

— Il y a un carton à dessins, là, derrière la porte.

— Tiens, je ne l'avais pas vu. Je ne sais pas ce qu'il fait là… C'est quoi, ce truc ? »

Il soulève la pochette, découvre un morceau de papier scotché dessus et s'écrie :

« Ça alors, c'est une sacrée coïncidence ! »

Il me regarde avec des yeux béats, comme si j'étais la huitième merveille du monde. Je dois admettre que c'est fort agréable.

« Que se passe-t-il ?

— C'est mon père qui a déposé ça pour toi. Il a un double de l'appartement. Je te lis ce qui est écrit : "Salut, fiston. Désolé d'être passé pendant que tu n'étais pas là. J'ai pensé que ça intéresserait sûrement ton amie qui fait des recherches sur oncle Charles. A+"

— Mais qu'est-ce que c'est ? Ouvre ! lui ordonné-je, le cœur battant à tout rompre.

— Tu ne crois pas qu'on devrait le faire en présence de ta grand-mère ?

— Évidemment ! Je l'appelle tout de suite. »

Liliane

Mon portable sonne, comme prévu. Je fais glisser mon doigt sur la flèche et la trombine de ma petite-fille apparaît.

« Coucou, ma Justine.

— Re, ma petite Mamie Li.

— Je te vois, c'est extraordinaire, cette chose. Tu es resplendissante, ma chérie. Tu me vois aussi ?

— Non, mais je vois Milou qui te regarde d'un drôle d'air. Tu as un symbole qui te permet de pivoter l'image, sur l'écran. Tu le vois ? Clique dessus.

— J'essaie… Ah, le voilà. Montre-moi ce Léo ! Je veux voir s'il arrive à la cheville de son grand-oncle.

— Mamie ! »

Un jeune homme, légèrement intimidé, me fait un signe de la main :

« Bonjour madame ! Je suis enchanté de vous connaître.

— Ah non, mon garçon ! Tu m'appelles Liliane, Lili si tu t'en sens le courage ; les "madame", très peu pour moi ! »

Justine, surprise, n'en revient pas : elle sait bien que seuls les intimes peuvent m'appeler Lili. C'est vrai, je sens que Léo mérite ma confiance. Il est beau et, surtout, il a le regard de son grand-oncle. Je l'adore déjà.

« Bien, mad… euh, Liliane, pardon.

— J'aime mieux ça ! Alors, que voulez-vous me montrer qui ne puisse attendre ?

— Ça, Mamie !

— Un carton à dessins ? Ça me fait une belle jambe, tiens !

— Ce sont des affaires qui ont appartenu à Charles.

— Ah… Eh bien, allez-y, faites voir ce qu'il y a dedans ! »

Justine sort plusieurs feuilles. Sur l'image, ses yeux s'illuminent.

« Mamie, on dirait que c'est toi… sur chaque dessin. »

Justine me montre les portraits. L'image se met à

trembler, tellement l'émotion est forte. Il y en a des tas, en couleur, au crayon gris, au fusain, des peintures aussi, de toutes sortes. C'est fou ! On pourrait croire que Charles s'est trouvé près de moi à différents moments de ma vie. Le plus touchant, celui qui fait jaillir mes larmes, a été réalisé le jour de mon mariage avec Francis. Même le voile que je portais sur la tête n'a pas réussi à cacher ma mélancolie et cette larme figée sur ma joue.

« Mamie… Il y a la date au dos.

— Je sais très bien quand ce dessin a été réalisé.

— C'était le jour de ton mariage avec Papi, non ?

— En effet…

— Tu es sûre que ça va, Mamie Li ? Tu es blanche comme un cachet d'aspirine, tout à coup.

— Euh… oui… Je ne m'attendais pas à ça : tous ces portraits…

— Il t'aimait, Mamie. Sans l'ombre d'un doute.

— Ce n'est pas fini, madame. Ah, pardon, je voulais dire Liliane. Je vous promets de m'habituer, s'excuse Léo. Il y a une lettre. Sur l'enveloppe, c'est écrit : "Pour Liliane".

— Alors là, les jeunes, si vous touchez à cette enveloppe, je vous massacre ! »

Justine et Léo se regardent, amusés.

« T'inquiète pas, Mamie, il n'en était pas question. C'est personnel, on s'en doute. Je te rapporte tout ça dimanche soir ou lundi, au pire.

— J'aime mieux cela, dis-je en essayant de retrouver une contenance. Tu veux bien m'envoyer quelques photos de ces portraits, s'il te plaît ? J'ai envie de les regarder plus attentivement.

— Bien sûr, Mamie Li. Mais tu es vraiment certaine que ça va aller ?

— Évidemment ! Je suis une dure à cuire ! Et puis, Milou est près de moi. Pas vrai, mon chien ?

— Ouaf ! aboie ce dernier.

— Mamie, tu m'appelles dès que tu en as envie, OK ?

— D'accord, ma Juju. Profitez, les jeunes. L'amour est encore plus beau lorsqu'on est deux à le vivre. Je vous embrasse fort.

— Merci, Mamie Li. Bisous ! »

Bon sang… Comme c'est déroutant. Il existe encore, ici et là, des preuves de l'amour que Charles éprouvait pour moi. Je le croyais mort, disparu, cet amour…

Mon téléphone émet toute une série de bips. C'est Justine qui m'envoie les photos. Je vais passer ma soirée à les admirer, je crois.

22

Catherine

Pierre et moi avons passé tout le week-end à faire l'amour : au lit, sur le canapé, par terre, partout où l'on pouvait, à l'horizontale comme à la verticale. Afin de rattraper le temps perdu à se chercher, je crois que nous avions besoin de ces étreintes si longtemps refoulées. Il me touche sans arrêt, comme s'il voulait s'assurer que je suis bien là, à ses côtés. Il me susurre des mots doux qui me font fondre. J'ai entendu plus de « je t'aime » en quelques jours qu'en dix ans. C'est beau, un homme qui exprime ses sentiments.

« J'ai l'impression de rêver. Je pourrais te regarder des heures en train de dormir, déclare-t-il. J'ai tellement espéré me réveiller près de toi…

— Je suis là, maintenant.

— Pour toujours ?

— Maintenant, c'est déjà très bien. »

Je ne veux pas le vexer ni l'inquiéter, mais je n'ai pas envie de faire de grands projets ni de me projeter à long terme. J'ai envie de vivre l'instant présent comme s'il était peut-être le dernier. J'ai envie d'être inconsciente, de penser davantage à moi. Oui, j'ai envie d'être égoïste, de penser à mon petit bonheur personnel avant de penser à celui des autres.

« On recommence ? dis-je, insatiable.

— Tu vas me tuer. Tu es une vraie nympho, en fait ?

— Peut-être bien », dis-je en éclatant d'un rire que même moi, je ne me connaissais pas.

Justine

Ces jours passés avec Léo ont été un enchantement ; et notre séparation à l'aéroport, un déchirement.

Nous n'avons cessé de discuter, en parcourant les rues de Paris, toujours main dans la main et souvent lèvres contre lèvres. Le temps était magnifique pour la saison et Léo m'a fait découvrir une multitude de jardins bucoliques. Paris est une très belle ville, propice à l'amour.

Même si nous avons choisi, d'un commun accord, de ne pas faire l'amour, les nuits ont été courtes. Léo ne voulait pas brûler les étapes et j'ai adoré que l'idée vienne de lui. Oh, bien sûr, il s'est passé des choses… Un homme et une femme amoureux dans le même lit peuvent difficilement se comporter en momies. Disons qu'on garde le meilleur pour plus tard. C'est très excitant, je trouve.

Léo a déjà réservé ses billets pour venir à Toulouse dans quinze jours. J'espère que Papa sera d'accord. Et il prévoit même de passer ses vacances d'hiver avec moi. C'est l'avantage d'être prof de sport : pas de copies à corriger et presque aucun cours à préparer. Nous pourrions partir quelques jours au ski. Il y a de très belles stations dans les Pyrénées. J'ai hâte, il me manque déjà cruellement. Je crois que je suis amoureuse. Non, je ne crois pas, j'en suis persuadée.

Liliane

Justine doit arriver d'une seconde à l'autre. La sonnette retentit. J'ai à peine le temps d'ouvrir ma porte d'entrée qu'elle me saute dans les bras pour m'embrasser.

« Mamie, j'ai trouvé mon Charles ! déclare-t-elle, rayonnante.

— Prends ton temps, ma chérie ! N'allez pas trop vite… Les débuts d'une histoire sont tellement délicieux, il ne faut pas se précipiter. Faites durer ce plaisir.

— Oh, t'inquiète… C'est un garçon très bien, il a dit qu'il ne me toucherait pas avant le mariage.

— Ne serais-tu pas en train de te moquer de ta pauvre grand-mère ?

— J'avoue. Mais si tu te poses LA question : non, on n'a pas encore fait "crac-crac" annonce-t-elle en mimant les guillemets.

— Encore heureux ! Vous n'êtes ensemble que depuis quatre jours.

— Hé… Qu'est-ce que tu crois ? De nos jours, beaucoup couchent dès le premier soir !

— Marie, Jésus, Joseph ! Je ne m'y ferai jamais…

dis-je, feignant d'être outrée. Donne-moi vite ce pour quoi tu es venue.

— Tu sais qu'il m'a coûté trente balles de surplus de bagages, ton carton ?

— Ce n'est pas vrai ? Les voleurs ! Laisse-moi te rembourser, dis-je en me précipitant sur mon sac à main.

— Mais non, Mamie, ce n'est pas la peine. Je rigolais.

— Si, j'y tiens ! »

Justine se débarrasse de ses affaires et caresse vigoureusement Milou qui adore les papouilles. Je lui tends son chèque.

« Mamie, tu t'es trompée d'un zéro. Je t'ai dit trente euros, pas trois cents !

— On n'est pas à quelques euros près. Ça me fait plaisir, ma chérie. En plus, tu vas avoir besoin d'argent pour retrouver ton amoureux le plus souvent possible.

— Mais Mamie, ça me gêne, c'est beaucoup trop ! s'écrie-t-elle, émue.

— N'insiste pas ! Je ne l'emporterai pas dans la tombe, cet argent. Prends ce chèque et n'oublie pas d'aller l'encaisser !

— Oh, merci, Mamie Li ! Tu es vraiment extraordinaire.

— Je n'ai pas été une mère exemplaire, j'essaie de me rattraper en tant que grand-mère. Puisqu'on en parle, as-tu des nouvelles de ta mère ?

— Non... répond-elle en changeant d'humeur.

— Tu sais, Juju... Je ne suis pas plus heureuse de son choix que toi, mais c'est le sien et tu dois le respecter. On n'a qu'une seule maman. Je te garantis, pour avoir perdu la mienne, qu'on ne se remet jamais vraiment de la perte de celle qui nous a donné la vie. Ta mère ne va pas mourir demain, je touche du bois ! dis-je en posant ma main sur mon crâne. Mais ce dont elle a besoin par-dessus tout, c'est de l'amour de ses enfants, plus que de n'importe quel amant. Tu saisis ?

— Hum… acquiesce-t-elle.

— Où est la lettre de Charles, Justine ? J'aimerais la lire tout de suite.

— Je l'avais rangée précieusement dans mon sac tant j'avais peur de la perdre. La voilà. Tu veux que je te laisse seule ?

— Non, je t'en prie, reste ! Je préfère que tu sois là… »

J'ouvre délicatement l'enveloppe et extrais le courrier qui se trouve à l'intérieur. Une rose aplatie et sèche me tombe des mains. Aussitôt, le souvenir me revient.

« Mon Dieu, cette rose… Il l'a conservée si longtemps.

— D'où vient-elle, Mamie ?

— Cela faisait quelques semaines que Charles et moi nous fréquentions. Chaque jour, il avait une attention particulière. Il disait qu'il fallait créer des instants uniques le plus souvent possible pour se souvenir. La première fois que nous avons fait l'amour, il m'avait offert une rose en proclamant : “Voudrais-tu être la mère de mes enfants ?” J'avais ri, à l'époque, parce que je n'avais que dix-sept ans et que la maternité ne m'effleurait pas l'esprit, surtout avec les parents sévères que j'avais. Je n'aurais pu rapporter la rose à la maison, ils auraient découvert mon idylle. Alors, Charles la conserva en disant : “Je vais la faire sécher. Je la garderai précieusement et quand nous serons vieux, nous raconterons cette histoire à nos petits-enfants.”

— C’est incroyable, Mamie. J’en ai la chair de poule.

— Et moi donc… dis-je en remontant ma manche.

— Attends Mamie. Est-ce que tu as des mouchoirs ?

— Des mouchoirs ? Pour quoi faire ?

— Je suis certaine qu’on va pleurer. Allez, Mamie, lis, s’il te plaît ! »

Vienne, décembre 2018

Très chère Liliane,

C’est la dernière lettre que je t’écris. À moins d’un miracle, il n’est pas certain que ces quelques mots te parviennent un jour.

Comme mon amour pour toi, il se peut que ces dessins et ce bout de papier finissent aux oubliettes, enfermés dans un tiroir, dans une armoire comme dans mon cœur.

Mes heures sont comptées et je ne te reverrai pas de mon vivant. Je suis malade et je vais bientôt m’éteindre. Je voulais que tu saches que toute ma vie, depuis le jour de notre rencontre, je n’ai cessé de t’aimer et de te chérir en pensées. Il n’y a pas un jour où je n’aie rêvé de toi, me remémorant ces instants volés pour dessiner ton visage.

J’aurais aimé pouvoir t’arracher à ta vie, mais je n’en ai jamais eu le courage. J’ai bien fait, sans doute. De toute façon, tu avais oublié mon existence. Pour toi, j’étais déjà mort, n’est-ce pas ?

On m'a dit récemment que les gens qui se sont aimés très fort sur terre se retrouvent plus tard dans d'autres sphères. Je ne te souhaite pas de me rejoindre rapidement, mais sache que je serai là pour t'accueillir dès que tu rejoindras les cieux.

Prends ton temps et profite de chaque instant.

Aime le plus possible. Je ne suis plus jaloux depuis longtemps, bien que je puisse aujourd'hui te l'avouer, j'ai eu mille fois envie d'empoisonner ton mari pour te récupérer. La vie en a décidé autrement.

Ma Liliane, si tu lis ces lignes, je veux que tu retiennes ces vers que j'ai écrits en pensant à toi :

Lorsque deux êtres se sont aimés très fort,
Quoi qu'il advienne, au bout du fil,
Ils se retrouveront encore.

Charles qui t'aimera éternellement.

P.-S. : Te rappelles-tu cette rose ? Comme l'amour que j'ai éprouvé pour toi, elle ne m'a jamais quitté. Je te la confie désormais. Elle est à toi.

SIX MOIS PLUS TARD

Justine

Pour l'anniversaire de Mamie, Papa a décidé d'organiser une grande fête dans le jardin, c'est l'avantage de naître aux beaux jours. Tout le monde est réuni, enfin presque… La seule à manquer à l'appel, c'est ma mère, j'hallucine.

Avec la petite Lou dans ses bras, Mamie est rayonnante. Elle rit sans cesse. Je la trouve rajeunie, sereine, bien plus qu'elle ne l'a été par le passé. Ses traits sont apaisés. Elle est belle, tout simplement. Je ne manque pas de lui dire que je l'aime dès que j'en ai l'opportunité.

Avec Léo, nous filons le parfait amour. La distance n'est pas un problème. Du temps de Mamie, on s'écrivait des courriers qui mettaient des jours pour arriver – quand ils n'étaient pas interceptés au passage. Avec les nouvelles technologies, franchement, de quoi pourrait-on se plaindre ? Ce ne sont pas quelques kilomètres qui vont nous empêcher de nous aimer. Et on s'aime très fort, d'un amour sincère et réciproque. Je vous rassure, on a fini par faire l'amour et on ne rate pas une occasion de remettre le couvert… même par téléphone. Mais chut, ne le dites à personne !

Mon père va mieux. Il a eu une aventure sans lendemain dont il ne s'est pas caché. Ça m'a choquée. Il nous a annoncé ça, un matin, au petit déj', comme s'il était en train de commenter la météo du jour. Je ne l'en pensais pas capable, mais si ! C'est certainement le signe que la vie reprend le dessus, qu'il peut tourner la page.

Antoine est fidèle à lui-même : relou. Non, j'exagère. Je l'aime, mon frangin. Même si je ne lui dis jamais. Il s'entend super bien avec Léo. Cela dit, tout le monde s'entend bien avec Léo. C'est une perle, l'homme idéal avec une pointe de caractère – sinon ce serait chiant. Il m'a récemment demandée en mariage. J'ai dit oui sans hésiter, même si je ne suis pas pressée d'entamer les préparatifs. On s'est dit que ce serait bien de se marier l'année de ses trente ans, ce qui nous laisse deux ans. Il a également fait une demande de mutation dans la région. Et en attendant qu'il l'obtienne, c'est moi qui vais monter à Paris. J'emménage chez lui dans quelques semaines.

Contre toute attente et malgré quelques ratés, j'ai validé mon année. Ça y est ! Mon diplôme en poche, il ne me reste plus qu'à trouver un emploi. Je suis sûre que la chance va me sourire, à Paris. J'ai un bon feeling.

Liliane

Mon cadeau ne devrait plus tarder, maintenant. Oh, il a fallu insister, bien sûr, mais elle a promis de venir. Elle ne voulait pas, au début, tant elle était gênée. Cela fait des mois qu'elle n'a plus croisé Patrice. Elle a honte, aussi. D'être partie, et d'avoir coupé les ponts avec certains membres de la famille. Elle les aime toujours, évidemment, mais elle craint d'être jugée.

Justine n'est pas facile avec elle. Antoine, lui, s'en moque pas mal. Je crois même qu'il était plutôt content de pouvoir partager des moments avec son père, entre hommes. Les autres s'en fichent comme de l'an quarante. Tout le monde sait que la vie est un parcours du combattant. Chacun ses problèmes.

Ces derniers mois, il m'a tenu à cœur de rester proche de ma fille. Le retour de Charles dans ma vie m'a fait changer de philosophie. La dernière fois qu'il a fait intrusion dans mes rêves, je venais de lire sa dernière lettre, celle que le père de Léo a rapportée de Vienne. Cette fois-là, j'ai pu m'approcher de lui sans qu'il s'évapore. Il m'a prise dans ses bras, m'a dit à quel point il était heureux de m'avoir retrouvée. Cela semblait si réel. Il n'a cessé de répéter son poème qui, encore aujourd'hui, me touche au plus profond de mon être : « *Lorsque deux êtres se sont aimés très fort, quoi qu'il advienne, au bout du fil, ils se retrouveront encore.* » Un peu plus loin, un grand halo l'attendait. Il m'a fait un signe de la main, puis sa silhouette s'est engouffrée dans la lumière avant de disparaître définitivement. Il n'est plus jamais revenu. Depuis, je dors comme un nouveau né, au moins trois heures d'affilée.

La dernière fois que Catherine m'a rendu visite, je l'ai sentie préoccupée. Encouragée par mon insistance, elle a fini par se confier.

« Et si je m'étais trompée, Maman ? m'a-t-elle demandé.

— J'ai lu quelque part : il n'y a pas d'échecs, il n'y a que des essais. Est-ce que tu veux m'en dire plus ? »

Après avoir longuement hésité, sans doute parce qu'elle cherchait ses mots, Catherine s'est livrée :

« Il y a quelque chose qui cloche avec Pierre. On n'avance pas. À chaque fois que son fils est là, je suis obligée de quitter l'appartement et d'effacer toute trace de ma présence chez lui. Un week-end sur deux, je me retrouve comme une âme en peine chez Nathalie, qui m'accueille gentiment.

— Tu as dit "chez lui" ? Ce devrait être chez toi, aussi…

— Tu rigoles ! Ce n'est pas chez moi ! Ce ne sera jamais chez moi. Je suis en transit. Je n'en peux plus de cette situation. Et puis… je ne sais pas… euh…

— Quoi ? Accouche, crache le morceau ! lançai-je à la façon des jeunes.

— J'ai l'impression que Patrice me manque.

— Vraiment ? ai-je demandé sans cacher mon enthousiasme. La prochaine fois, ne va pas chez Nathalie, viens ici ! Ma fille, il est grand temps que je te raconte une histoire. »

Et je lui ai tout dit. Tout ce que Justine et moi avions

vécu, et toute mon histoire depuis le début. Je crois que ça l'a fait réfléchir.

J'ai comme une sorte d'intuition. Catherine est là.

« Patriiiiiiiice ! Il y a quelqu'un qui sonne à la porte ! crié-je.

— Comment fais-tu pour entendre la sonnette, d'ici ? Je te croyais sourde, plaisante mon gendre.

— C'est Milou qui m'a prévenue…

— Un vrai système d'alarme, ce chien. »

Catherine

Je vais passer pour une imbécile, une idiote, une effrontée. Ils vont tous se moquer de moi et me lancer les tomates cerises du jardin dès qu'ils me verront. Encore faut-il que Patrice accepte de me laisser entrer…

Sa silhouette apparaît. Il a minci. Il est beau et paraît avoir rajeuni. Comme notre fils lui ressemble ! Tiens, il porte le polo Lacoste que je lui ai offert l'an dernier pour son anniversaire. Il a laissé pousser sa barbe. Bien que grisonnante, elle lui donne un charme fou… Allez, courage, Cathy ! Il arrive, il faut que tu réussisses à lui parler.

« Bonjour Patrice. Tu m'ouvres, s'il te plaît ? lancé-je depuis le portail.

— Mais qu'est-ce que tu fais là ? demande-t-il, visiblement surpris.

— Euh… C'est l'anniversaire de ma mère. Elle m'a invitée.

— Elle a bien fait. Entre ! Ne reste pas derrière le portail. C'est encore ta maison, tant que les démarches ne sont pas terminées.

— Ah oui… les démarches, murmuré-je.

— On se fait la bise ? Ou on fait comment ? »

Je refoule difficilement mes larmes. Il a l'air si sûr de lui. Mes jambes se mettent à trembler. Soudain, j'ai un vertige. Je m'agrippe à son bras pour ne pas tomber.

« Oh là là… Qu'est-ce qui t'arrive, ma chérie ? » lâche-t-il spontanément.

Ai-je bien entendu ? Il m'en fallait peu pour ouvrir les vannes. Je m'écroule par terre. Au lieu d'aider à me relever, Patrice s'assoit à mes côtés. Il m'attire contre lui, pose ma tête sur son épaule et caresse mes cheveux. Entre deux sanglots, je parviens à bredouiller :

« Patrice, je te demande pardon pour tout ce que j'ai fait. Je suis désolée. Je m'en veux terriblement, si tu savais… Une personne qui m'est très chère m'a dit récemment : "Lorsque deux êtres se sont aimés très fort, quoi qu'il advienne, au bout du fil, ils se retrouveront encore."

— Ce ne serait pas ta mère, par hasard ? » demande-t-il en essuyant mes larmes avec son pouce.

J'acquiesce en silence.

« Elle m'a dit la même chose. Quelle entremetteuse ! Ça te dirait qu'on lui fasse un beau cadeau ? propose-t-il.

— Lequel ? »

Il m'aide à me relever. Sans détacher ses mains de ma taille, il plante son regard dans mes yeux et m'annonce avec une tendresse que je ne lui connaissais pas :

« Je me demandais combien de temps tu allais mettre pour revenir. Bien sûr que je te pardonne, mon amour. Je t'aime comme un fou, Cath, et je te promets de te le dire chaque jour qu'il nous reste à vivre ensemble. »

L'une de ses mains vient caresser mon cou. Délicatement, ses lèvres effleurent les miennes. Il m'embrasse. Comme avant. Que dis-je ? Bien mieux qu'avant ! On dirait qu'il a fait un stage pratique pendant notre pause... Je chuchote des « merci », des « pardon » et des « je t'aime » pendant que l'on s'embrasse amoureusement. Je viens de comprendre. Le cadeau dont il parlait, c'est nous.

« Papa, mais qu'est-ce que tu fous depuis tout à l'heure ? hurle Justine depuis le pas de la porte. Mamie va souffler ses bougies... Viens ! Maman ? dit-elle en découvrant mon visage dans les bras de son père. Mais...

— Ta grand-mère ne peut pas souffler ses bougies sans la présence de sa propre fille à ses côtés, quand même ! lance Patrice.

— Bonjour, Justine, dis-je, intimidée, les yeux baignés de larmes.

— Est-ce que tu es... de retour pour de bon ? bredouille Justine.

— Oui, ta mère est de retour à la maison et elle mérite un accueil digne de ce nom », ajoute Patrice.

Justine me toise avec dureté. Et puis, l'émotion la gagne :

« Oh, Maman, tu m'as tellement manqué ! lance-t-elle en se jetant sur moi. J'ai trop de trucs à te raconter.

— Une mère sait tout… Allez, viens, on va embrasser la reine de la journée. Et tu vas me présenter ton chéri ! »

Maximilien n'a pas l'air surpris de me voir, pas plus que Virginie, d'ailleurs. Antoine vient me serrer dans ses bras. J'en profite pour ébouriffer ses cheveux comme je l'ai toujours fait depuis qu'il est petit. Celui que je devine être Léo se présente en tant que « fiancé de Justine ». Au moins, je sais à quoi m'en tenir. Il n'y a qu'à voir comment ces deux-là se regardent pour comprendre combien ils sont amoureux. Je salue mes neveux et ma nièce. Lou dévore des tomates cerises. Personne ne semble vouloir me les jeter dessus. Augustine est là, aussi. Je l'ai croisée deux ou trois fois quand j'habitais chez Pierre. Cela fait plusieurs semaines que nous avons rompu, lui et moi.

Patrice me suit de près, comme si je pouvais de nouveau lui échapper. J'arrive enfin auprès de Maman, qui murmure sur le ton du reproche qui lui va si bien :

« Tu as tardé ! J'ai cru que tu ne viendrais plus.

— Disons que j'ai été… retardée », dis-je en jetant un regard attendri vers mon mari.

Je me penche vers elle pour lui faire la bise.

« Bon anniversaire, Maman. Je t'aime très fort. J'ai un cadeau pour toi.

— En plus de celui de vous remettre ensemble ?

— Oui. J'espère qu'il te plaira. J'aimerais que tu l'ouvres tout de suite, si tu veux bien.

— Qu'est-ce que c'est ? Vu l'épaisseur de l'enveloppe, c'est du liquide, je me trompe ? Vous savez pourtant que je n'ai pas besoin d'argent. J'ai compris, vous espérez que je vous le rende quand je serai morte, hein ? Je vous connais par cœur… » plaisante-t-elle.

Tout le monde se marre. Derrière ses airs de peau de vache, ma mère adore amuser la galerie.

« Oh, mais… Je rêve… Des billets de spectacle ! Un ballet. *Le Lac des cygnes*, à l'Opéra ! Alors, on va à Paris ?

— Non, Maman. Si Justine s'y installe, on aura plein d'occasions d'y aller. Moi, c'est à l'Opéra de Vienne que je t'emmène, et nous irons toutes les trois, entre filles. Justine, tu es d'accord ?

— Waouh ! Carrément que je suis d'accord… C'est génial. Mamie… Tu te rends compte ? On va à Vienne ! s'exclame-t-elle d'un ton plein de sous-entendus.

— Merci, mes enfants. C'est le plus beau jour de ma vie », déclare ma mère, radieuse, tandis que tous se mettent à entonner « Joyeux anniversaire » en chœur.

Maman prend une grande inspiration quand un petit vent chaud vient éteindre les bougies à sa place. Reconnaissante, elle lève les yeux vers le ciel et laisse la chaleur du soleil chatouiller sa peau et la brise s'engouffrer dans ses cheveux fins. Elle ferme les yeux et sourit.

Je jette un coup d'œil à Justine et, sans rien nous dire, nous nous comprenons. Nous savons très bien à qui Mamie est en train de penser, parce qu'au bout du fil, ceux qui s'aiment finissent toujours par se retrouver.

FIN

ET POUR FINIR…

Encore une page qui se tourne… Est-ce que, comme moi, vous avez le cœur qui bat un peu fort ? Ce moment, précisément, je l'aime autant que je le déteste. Lorsque j'écris, je me demande inlassablement si mes lecteurs apprécieront mes nouveaux personnages. Alors, je vous le demande : avez-vous aimé ce livre ?

Parce que vos retours me sont essentiels, je vous en prie, faites-moi part de votre ressenti. Pour ceux qui me connaissent déjà, vous savez à quel point je peux cesser de respirer tant que je ne sais pas. Vous trouverez un peu plus bas mille et une façons de me contacter.

En attendant de vos nouvelles, je continue. Voilà plusieurs mois que Justine, Catherine et Liliane sont venues taper à la porte de mon esprit pour que je raconte leurs histoires. J'espère que ce trio vous a plu. J'espère surtout que ces femmes ont réussi à vous transmettre ce en quoi je crois : ceux qui s'aiment finissent toujours par se retrouver. En amour comme en amitié, ici ou ailleurs, sur terre et dans l'au-delà. J'y crois vraiment. Et vous ? À ce sujet, je souhaite remercier Gina, Florence Hubert et Patricia Darré qui, à travers leurs expériences et leurs récits, m'ont éclairée quant à la médiumnité.

Il me tenait également à cœur de partager ce petit rien qui peut réellement guider nos pas : le pardon. Plutôt que d'avancer dans la rancœur, oublions les discordes du quotidien, les non-dits, les rancunes, les regrets, autant de petites choses qui viennent gâcher nos vies. Et si nous faisions plutôt un pas vers l'autre ? Parlons-nous en toute simplicité pour vivre cette vie de la plus belle façon qu'elle puisse l'être.

Parce que la mienne n'est pas si mal, je souhaite remercier mon cher époux. Qu'est-ce que je peux être chiante parfois, je le reconnais. Mais rassurez-vous, il n'est pas mal non plus dans son genre, et comme je sais qu'il ne lira pas ce livre – il n'a rien lu depuis *Un anniversaire au poil*, le bougre –, je peux dire ici tout le mal que je pense de lui (oui, je sais, je parlais de non-dits un peu plus haut…).

Mon tendre amour que j'aime de tout mon cœur, je te demande pardon (le voilà, lui aussi !) pour toutes ces heures que je passe avec mes personnages plutôt qu'avec toi. En plus, ils me rendent parfois désagréable. De temps en temps, ils m'accaparent tellement que tu es obligé de te réchauffer une brique de soupe en rentrant du travail. Bouh, quelle épouse fais-je ? Et jamais tu ne m'en veux parce que tu es heureux de savoir, à mon sourire béat, que mes histoires m'entraînent ailleurs, même loin de toi. Merci d'être à mes côtés depuis si longtemps. On s'est trouvés ! Pourvu que notre route soit encore belle et longue.

Merci à mes enfants chéris. Vous avez de qui tenir. Je vous aime à la folie !

Merci à mes parents à qui je ne dis pas assez que je les aime. Maman, puisque tu liras ce roman, sache que je vous aime très fort, Papa et toi. Un jour, dans cent ans comme on dit chez nous, je suis convaincue qu'on se retrouvera et qu'on retrouvera aussi tous ceux qui sont partis trop vite, beaucoup trop vite pour certains. Vous rendre fiers est ma plus grande fierté. Et tant pis pour la répétition. *Vi voglio bene*.

Merci à ma petite sœur (plus grande que moi). T'avoir redonné le goût de lire est une immense joie. Je t'adore Hélèneda !

Vous l'avez compris, la famille c'est important. Alors faisons un tir groupé. À ma famille tout entière, à ma belle-famille, mes amis, mes collègues, merci pour votre soutien sans faille. Je ne désespère pas de voir un jour mes livres traduits en italien et en anglais pour ceux qui sont loin. Quelle idée de s'éparpiller comme ça !

Plus sérieusement, merci à toutes celles et ceux qui ont cru en moi, mes ami(e)s auteur(e)s, notamment : Laure, Zoe, Claire, Lhattie, Céline (et beaucoup d'autres, si nombreux qu'il m'est difficile de tous les citer). Merci à mes amies lectrices durant la création : Corinne, Aurélie, Isabelle, Élisa et Florence.

Enfin, après avoir fait un bout de chemin seule, j'ai croisé ma bonne étoile, elle se prénomme Noëlle. Elle a cru en moi dès notre première rencontre. C'est en m'écoutant parler de *Tout peut arriver ou presque* que tout est arrivé ! Chère Noëlle, merci de m'avoir ouvert les portes de cette si jolie maison. Grâce à toi, mon rêve se réalise. Merci également à Delphine, Catherine, Benoit, Olivia, Bénédicte et toute l'équipe du Cherche Midi pour leur patience et leur bienveillance. Travailler avec vous est un honneur.

Je suis si heureuse de confier ce bébé à mes lecteurs, et puisqu'on parle du loup, c'est le moment de vous remercier, vous, chers lecteurs et chères lectrices. Merci mille fois. Sans lecteurs, un auteur n'existe pas. Celles et ceux qui me suivent depuis quelque temps (certains même depuis mes débuts) le savent déjà : tout cela, c'est grâce à vous ! Merci pour votre fidélité, vos encouragements, vos commentaires, vos étoiles, votre présence, tout simplement. Pour celles et ceux qui me lisent pour la première fois, vous voilà devenus mes loulou(te)s désormais, si vous le voulez bien. J'espère que ma plume vous aura séduits. Si vous souhaitez rester dans mon univers, je vous invite à découvrir *Sortez-moi de là*, et au risque de me répéter, j'attends de vos nouvelles !

Je vous embrasse,
Sonia Dagotoooooor

Je me ferai un plaisir de vous répondre si vous m'écrivez à sonia.dagotor@gmail.com
Et n'hésitez pas à me suivre sur les réseaux sociaux @soniadagotor.

De la même auteure
au Cherche Midi :

Sortez-moi de là, 2020.

PAPIER À BASE DE FIBRES CERTIFIÉES

Le Livre de Poche s'engage pour l'environnement en réduisant l'empreinte carbone de ses livres. Celle de cet exemplaire est de :
300 g éq. CO_2
Rendez-vous sur www.livredepoche-durable.fr

Composition réalisée par Soft Office

Achevé d'imprimer en avril 2021 en Italie par
GRAFICA VENETA
Dépôt légal 1re publication : mai 2021
LIBRAIRIE GÉNÉRALE FRANÇAISE
21, rue du Montparnasse – 75298 Paris Cedex 06

12/8037/9